Tucholsky   Wagner   Zola   Scott   Schlegel
    Turgenev   Wallace   Fonatne Sydow   Freud
Twain   Walther von der Vogelweide   Fouqué   Friedrich II. von Preußen
            Weber   Freiligrath   Frey
Fechner   Weiße Rose   von Fallersleben   Kant   Ernst
    Fichte   Richthofen   Frommel
        Engels   Fielding   Hölderlin
Fehrs   Faber   Flaubert   Eichendorff   Tacitus   Dumas
            Maximilian I. von Habsburg Fock   Eliasberg   Ebner Eschenbach
Feuerbach   Eliot   Zweig
            Ewald   Vergil
    Goethe   Elisabeth von Österreich   London
Mendelssohn Balzac   Shakespeare
                Lichtenberg   Rathenau   Dostojewski   Ganghofer
    Trackl   Stevenson   Doyle   Gjellerup
Mommsen   Tolstoi   Hambruch
        Thoma   Lenz   Hanrieder   Droste-Hülshoff
Dach   Verne   von Arnim   Hägele
        Reuter   Hauff   Humboldt
Karrillon   Garschin   Rousseau   Hagen   Hauptmann   Gautier
    Damaschke   Defoe   Baudelaire
                Descartes   Hebbel
                                    Hegel   Kussmaul   Herder
Wolfram von Eschenbach   Dickens   Schopenhauer
    Bronner   Darwin   Melville   Grimm Jerome   Rilke   George
        Campe   Horváth   Aristoteles   Bebel   Proust
Bismarck   Vigny   Barlach   Voltaire   Federer
Storm   Casanova   Gengenbach   Heine   Herodot
                    Lessing   Tersteegen   Grillparzer Georgy
Brentano   Chamberlain   Langbein   Gilm   Gryphius
Strachwitz   Claudius   Schiller   Lafontaine
    Katharina II. von Rußland Bellamy Schilling   Kralik Iffland Sokrates
                        Gerstäcker   Raabe   Gibbon   Tschechow
Löns   Hesse   Hoffmann   Gogol   Wilde   Vulpius
    Luther Heym   Hofmannsthal   Klee Hölty Morgenstern   Gleim
        Roth   Heyse Klopstock   Goedicke
Luxemburg   Puschkin   Homer   Kleist
    Machiavelli   La Roche   Horaz   Mörike   Musil
Navarra Aurel   Musset   Kierkegaard Kraft   Kraus
    Nestroy Marie de France Lamprecht Kind Kirchhoff Hugo   Moltke
    Nietzsche   Nansen   Laotse   Ipsen   Liebknecht
            Marx   Ringelnatz
    von Ossietzky   Lassalle Gorki   Klett   Leibniz
        May   vom Stein Lawrence   Irving
Petalozzi   Knigge
    Platon   Pückler   Michelangelo   Kafka
    Sachs   Poe   Liebermann Kock
    de Sade Praetorius   Mistral   Zetkin   Korolenko

Die Verschüttung im Hauenstein

Abraham Manuel Fröhlich

Impressum

Autor: Abraham Manuel Fröhlich
Umschlagkonzept: toepferschumann, Berlin

Verlag: tradition GmbH, Hamburg
ISBN: 978-3-8472-3785-3
Printed in Germany

Text der Originalausgabe

Abraham Manuel Fröhlich

Die Verschüttung im Hauenstein

Eine Erzählung

Zürich, Druck und Verlag von Friedrich Schultheß.

1858.

Die Verschüttung

im

Hauenstein.

Eine Erzählung

von

A. E. Fröhlich.

Zürich,

Druck und Verlag von Friedrich Schultheß.

1858.

Die Verschüttung im Hauenstein

Auf der Sommerau bei Oberhofen im Schwarzwald schaute Margarita, die Magd des reichen Bauers, seit einigen Tagen öfter von der Arbeit weg auf die Landstraße hin, welche über die westliche Höhe jenseits ins ebnere Land hinunter führt. Wie sie hübsch, gesund und kräftig war, hatte auch ihr schönes, schwarzes Auge eine besondere Stärke, und sie konnte die ganze Stunde weit, da wo die Straße durch die Waldlücke auf die Hochebene steigt, nicht nur einen Wagen heraufkommen sehen und sagen, mit wie viel Pferden er bespannt sei, sie gab auch die Zahl der in den Einschnitt des Waldes tretenden Wanderer an und fast auf eine halbe Stunde weit unterschied sie die einzelnen Bekannten. Vom Felde und Brunnen, aus dem Stall, der Scheune und Küche schaute sie so seit einigen Tagen zumal am Abend auf die Landstraße hin, und da es gerade Vollmond war, dann noch lange aus ihrer Kammer, deren Fenster gen Abend sah über die flacheren Hügel und die breiten Felder und hinter diesen zur westlichen Waldhöhe und deren Landstraße. Aber wie sie da aus ihrem Fenster zwischen Rosmarin und Blumen in die helle Nacht hinausschaute, die Sterne höher stiegen und der Mond endlich über dem Walde unterging und die Straße daher nicht kam, wonach sie sich sehnte, dann seufzte sie wieder, ihr Auge wurde naß und sie sagte: »Soll es denn so sein, so stärke du mich, himmlischer Vater, daß ich nicht wider dich murre; laß mich nicht verzweifeln; stärke mich in dem Glauben, daß auch dunkle Pfade, die du mich leiten willst, die einzigen Wege seien zu meinem Heile, und daß du mich die rechten Straßen führest um deines Namens willen.« Nach wem hinaus schaute denn so die schöne Margarita?

Neben ihr diente auf der Sommerau der Knecht Andreas. Sie hatten sich herzlich lieb und waren verlobt. Nun aber hatte Andreas schon vor mehreren Tagen nach Karlsruhe hinunter reisen müssen; er sollte um den Kriegsdienst das Loos ziehen. Auch der Bauer sah ihn ungern gehen. Er hatte, ohne daß es Andreas wußte, mancherlei versucht, ihn von dem Ziehen des Looses zu befreien und ihn bei sich behalten zu können. Denn Andreas war ihm überaus nützlich, nicht leicht verstand ein Landmann den Feldbau, die Viehzucht und die Besorgung der Pferde besser, er konnte auch gut lesen und schreiben und galt unter den Bauern für einen Gelehrten, weil er so viel wußte und las; nicht leicht war ein Knecht treuer und fleißiger als Andreas; auch war er stets unverdrossen, heiter und aufgeweckt, sang und pfiff oft den ganzen Tag: seine Freude und sein Glück war ihm seine Margarita. Dem Bauer wäre es durch die ihm verpflichteten Vorgesetzten wohl noch gelungen, den Andreas vom loosen zu befreien; wie dieser aber von solchen Umtrieben etwas merkte, sagte er: »Dazu gebe ich mich nicht hin; ich will von meinen Kameraden weder gehaßt noch verhöhnt sein, als sei ich zum Kriegsdienst untauglich oder feig: am Ende mißgönnt mich der Meister dem Großherzog und dienen muß ich in allewege. Ich will auf geraden Wegen gehen und wohin mich Gott führt.« Dieß konnte auch Margarita nur billigen. »Daß ich lieber bei dir bleibe und täglich um dich, sagte er, und tausend Mal lieber hier wäre als in der Kaserne, und lieber in Feld und Stall als auf dem Exerzier- und Paradeplatz, ach das weißt du schon. Aber alles, wie Gott will!« Und so nahmen sie von einander Abschied; er gefaßter unterdrückte seinen Schmerz, sie aber küßte ihn noch unter vielen Thränen.

»Ich fürchte«, sagte der Bauer, als Andreas ging, »du bleibst doch in Karlsruhe stecken; sie werden die Loose wohl so schütteln, daß es dich trifft. Du bist ein Kerl, wie sie wenige haben, so hoch, breit und stark, du würdest einer der ersten unter den Gardekürassieren. Willst du dem entgehen, zeige nur nicht, daß du jetzt schon gut reiten und mit den Pferden wohl umzugehen weißt. Uebrigens hättest du's hier allewege besser; nicht wahr Margarita? Auch ist die Kost auf der Sommerau eine bessere als in der Kaserne, nicht minder die Löhnung.« »Diese«, sagte Andreas, »hält mich wahrlich nicht auf der Sommerau; und komme ich zurück, so soll dann über unsern künftigen Lohn auch noch ein Wörtlein gesprochen werden.« »Darüber kannst du meinen Willen«, antwortete der Bauer: »Knechte und Mägde hat's überall zur Auswahl.« »Ich weiß«, sagte Andreas, »wenn euere Rosse, Kühe, Ochsen reden könnten, sie würden zum Abschied mir etwas Vernünftigeres sagen; und ja von ihnen will ich auch noch Abschied nehmen.« Und so ging er in den Stall und sprach zutraulich mit jedem Thiere und streichelte und hätschelte sie und schob ihnen noch Futter nach; sie wendeten Kopf und Auge nach ihm, bezeigten ihm ihr Behagen. »Hab' ihnen Sorg, Margarita,« sagte er. Die Thiere hatten ihn wohl verstanden. Könnten sie reden, hätten sie gesagt: »Du kommst doch wieder?« Der

Haushund merkte Andresens Fortgehen und wollte wie gewohnt ihn begleiten. Andreas sagte: »du kannst nicht mit!« Da kroch das schöne Thier ohne weiteres traurig in seinen Stall und folgte ihm unverwandt mit seinen Blicken.

Die andern jungen Bursche von Oberhofen, die mit hinunter mußten, das Loos zu versuchen, zogen vorüber mit Jauchzen und Singen, als gings zu einem Feste, schwangen den Ihrigen, den Schätzen und Bräuten noch den Hut; und Andreas schloß sich ihnen an. Margarita aber ging in ihre Kammer und schaute ihnen nach. Es war an einem Sonntag Nachmittag und so durfte sie, da auch ihr der Tag Ruhe vergönnte, am Fenster verweilen. Andreas wußte das und grüßte noch oft zurück. Auch er trug von ihr einen Strauß, gleichwie die andern von Bräuten und Freundinnen mit Blumen beschenkt fortzogen. Sie jubelten, um den Schmerz zu verbergen oder zu übertönen und zu beschwichtigen und sangen:

Mir hat den Strauß gebunden.
Die theuerste, liebste Hand,
Und hat mir ihn geboten
Als ihrer Treue Pfand.

Da ihre schonen Augen
Geträuft den Thau darein,
So welket nicht die Rose.
Noch das Vergißnichtmein.

Der Bauer bemerkte nach einigen Tagen, wie Margarita vom Brunnen und aus dem Garten und Felde öfter auf die Landstraße hinblickte und etwa auch die Arbeit vergaß, am Brunnen den Zuber überlaufen ließ, im Garten Hand und Kopf auf den Griff des Spatens lehnte und über den grünen Hag in die Weite sah. »Hast lange Zeit nach ihm?« sagte der Bauer; »er versäumt dich so noch mehr am Arbeiten, als wenn er um dich ist, so viele Zeit denn auch oft verplaudert und vernarret wird. Du kannst ihn doch nicht herblicken. Am Ende ziehst du ihm auch noch nach in die Garnison.« »Ich habe Versäumtes«, anwortete Margarita ruhig, »noch immer wieder eingeholt, und auch jetzt habe ich noch mehr gemacht, als mir aufgetragen.« »Ja«, sagte der Bauer, »du setzest dann wieder an, um dein Heimweh nach ihm zu vergessen und um kurze Zeit zu haben. Es wäre aber besser, du schlügest dir ihn aus dem Sinn; er kömmt doch nicht mehr, sonst wäre er schon hier.« Sie antwortete: »Es wäre Euch selber nicht recht, wenn er nicht mehr käme; denn das sehen doch alle auf unserem Hofe, daß dem Meister sein Andreas fehlt; so solltet Ihr es natürlich finden, daß er auch mir fehlt; was wollt' ich das verhehlen? Aber noch verzweifle ich nicht an seiner Zurückkunft; denn auch von seinen mit hinunter gegangenen Kameraden ist noch keiner heim gekommen, und alle mit einander wird das Loos doch nicht getroffen haben. Und seht dort in weiter Ferne kommen einige Männer die Straße her. Die könnten's, die werden's wohl sein.« »Man kann von dir nicht sagen«, erwiederte der Bauer, »daß dich die Liebe blind mache. Ich sehe wohl die Landstraße; aber wer wollte so weit in die Ferne unterscheiden, ob Männer oder Weiber oder Wagen da herkommen?« »Nun ja«, sagte Margarita, »die Liebe mag allerdings fernsichtig machen, und wenn Euch von dorther ein Wagen mit Heu oder Korn käme, würdet Ihr ihn auch sehen und das Bäuerlein, das Euch Zinsen bringt, wohl auf eine Viertelstunde weit erkennen.«

Indessen kamen die Männer näher, sie wurden auch von andern bemerkt, die vermutheten, es seien die durchs Loos Befreiten. Eltern und Freunde eilten entgegen. Nach einer Weile rief Margarita: »Meister, der Andreas ist unter ihnen; er ist frei und kommt wieder, darf ich ihm nicht auch entgegen? Sehet Mütter, Schwestern und Bräute sind auch schon auf der Straße.« »Nun«, sagte der Bauer, »sie wollen sehen, ob der Ihrige unter den Zurückkehrenden sei, da aber deine fernsichtige Liebe den Andreas erkannt hat, so bist du ja schon im Gewissen. Und Mägde werden doch schwerlich mit ihren Hausherren und Hausfrauen und mit den Töchtern des Hauses den Söhnen entgegen ziehen.« Margarita antwortete: »Soll sich denn die Magd nicht auch freuen über die Befreiung und Rückkehr ihres Schatzes? Ach ihr Reichen habt so viele andere Güter, mißgönnt doch uns Dienenden nicht die Liebe. Und sollte ich nicht vor aller Welt und auf der Landstraße sagen: Das ist mein Andreas, und Gott sei Lob und Dank, daß du wieder zurückkommst. Sehet, er hat auch mich bemerkt, er winkt mit dem Hute. »Du hast schon gehört«, sagte der Bauer, »du bleibst bei der Arbeit; daran ist nichts gelegen, ob du ihm eine Viertelstunde früher oder später die Hand reichest.

Ich aber will ins Dorf hinunter, zu sehen, welche denn durchs Loos befreit und ob meine Vettern auch darunter seien.« Als er fort war und Margarita bemerkte, wie Andreas wiederum winkte, löste sie das Tuch von ihrem Nacken und schwang es und sah, daß nun auch Andreas ein Tüchlein fliegen ließ. Es war ihr schwer, ihm nicht entgegen zu eilen.

Sie sah, daß er von der Landstraße ablenkte und den nähern zur Sommerau führenden Fußpfad einschlug. Da ließ sie den Spaten stecken und eilte ihm entgegen und sie trafen sich hinter dem hohen und langen sich an den Obstgärten hinziehenden Hage. Unter Freudenthränen küßte sie ihn und Hand in Hand gingen sie dem Hofe zu. Er sagte: »Auch ich hatte nach dir lange, lange Zeit. Das Ziehen des Looses verzögerte sich aber um einige Tage, weil noch etliche junge Leute mußten hergeholt werden, die sich entweder krank gestellt oder auf andere Weise sich dem Kriegsdienst hatten entziehen wollen. Als wir dann looseten, sah ich, wie die Offiziere mich ins Auge gefaßt und hörte, wie ein Rittmeister sagte: der kömmt in mein Regiment. Ich griff nicht ohne Bangigkeit; aber siehe, ich hatte ein befreiendes Loos. Und die Offiziere sagten: »Wie Schade! Bursche, du solltest dich wahrlich schämen, nicht das Dienstloos bekommen zu haben«. »Du solltest«, sagte der Rittmeister, »freiwillig in mein Regiment eintreten. Du würdest bald vorrücken.« Ich aber antwortete: »Ihr werdet wissen, meine Herren, daß es heißt: Loos wird geworfen in den Schooß; aber es fällt wie der Herr will. Gilt es einmal das Vaterland zu vertheidigen, so bleibe ich mit tausend andern, die jetzt das Loos vom Kasernendienst befreite, gewiß nicht hinter dem Ofen, und könnt ihr mich brauchen, Herr Rittmeister, so trete ich dann freiwillig unter euer Regiment und werde hoffentlich das Reiten nicht verlernt haben. Bis dorthin ist ja eben durch das Loos dafür gesorgt, daß auch der Nährstand lebe. Mit Sichel, Sense und Pflug, mit Vieh- und Pferdezucht ist er dem Lande wohl eben so nothwendig und nützlich, als ihr mit dem Schwert in der Hand.« »Dir aber«, sagte der Rittmeister, »stünde das Schwert besser als der Flegel oder die Mistgabel«. »Es ist wahr«, antwortete ich, »es geht jedes Mal ein Gefühl von Muth und Freude durch mich, wenn ich die Hand an den Griff eines solchen Kürassierschwertes legen kann. Ich habe auch schon von Kameraden, welche aus der Garnison auf Urlaub kommen, etwas fechten gelernt und der schwere Pflug und die Wucht der Holzaxt haben meinen Arm nicht schwach gemacht. Muß ich etwa einen schnellen Botenritt machen und ich trabe auf einem guten Pferde so dahin, ist es mir oft, ich habe das Schwert an der Seite und dann laß ich das Roß fliegen und denke mir, wie es sein werde, wenn man einhaut oder dem geworfenen Feinde nachsetzt.« »Nun so bleibe bei uns«, sagte der Rittmeister; »du könntest als Bedienter in meine besondern Dienste treten; da hättest du Gelegenheit, unser edles Handwerk aus dem Grund zu lernen; da fändest du die schönsten Rosse, schmuckes Pferdezeug, die besten Waffen und eine auserlesene Kameradschaft. Du würdest ganz gewiß dein Glück machen. Ich wollte dir dazu behülflich sein.« »Ich danke«, antwortete ich, »daß ihr gegen einen euch noch unbekannten und armen Burschen, gegen den Knecht eines Bauers so gütig seid; aber ich muß wieder zurück zu demselben auf die Sommerau.« »Den kenne ich wohl«, sagte der Rittmeister; »aber der zieht doch seine Leute weder mit großer Löhnung noch Liebe.« »Was gilts aber«, rief ein anderer Offizier, »den Burschen zieht eine andere Liebe nach der Sommerau zurück und darum ist er so vergnügt, daß ihn hier das Loos nicht getroffen hat.« »Nun das will ich nicht läugnen, meine Herren«, sagte ich, »es wartet dort meine Braut auf mich; sie wird sich über meine Freiwerdung nicht minder freuen als ich und die Herren werden mir das nicht übel nehmen; ich will meine besten Jahre lieber mit ihr in irgend einer kleinen Hütte zubringen, als hier ohne sie in der größten Kaserne es vielleicht bis zum Feldweibel bringen zu können.« »Sie könnte ja aber auch hier einen Dienst bekommen«, meinte einer. »Die Verlobten und Verheiratheten werden nicht die pünktlichsten im Dienste sein, sagte ich; sie würde mir auch schwerlich gerne hieher folgen, und auch ihretwegen wird mein Loos so gefallen sein.« »Du solltest dich aber doch nach einem andern Dienst umsehen«, sagte der Rittmeister; »ich weiß, der Bauer auf der Sommerau gibt so wenig Lohn als möglich. Benütze nun die Gelegenheit deines hiesigen Aufenthalts, du findest wohl eine Anstellung, wo du schneller dein Glück machen kannst.« So sagte der Rittmeister und gab mir selber noch Anleitung, zu einem bessern Dienst und Lohn zu kommen. Für einmal aber ist mein Glück schon gemacht, daß ich wieder bei dir bin.«

Also erzählte und sprach Andreas, wie er mit seiner Margarita Hand in Hand zur Sommerau ging. »Es ist recht« sagte sie, »daß du frei bekanntest, wir seien verlobt. Aber wenn du hättest müssen Soldat werden, ich weiß nicht, ob ich es hieoben so allein ausgehalten hätte. Ach was ich Angst und Heimweh hatte diese Tage und Nächte lang. So mehr sei Gott gedankt, daß er uns beisammen sein läßt.« »Ja auch ich habe der Sommerau entgegengejauchzt, so bald ich sie auf der Berghöhe wieder erblickt«, sagte Andreas. »Um den Lohn aber, um den wir bisher gedient, wollen wir hier nicht bleiben. Anderwärts, das habe ich nun vernommen, verdienen Knechte und Mägde, welche nicht einmal leisten was wir, das Doppelte und Dreifache. Und das muß der Bauer wissen. Ich habe auch unterwegs ein Gütchen gesehen, ein schmuckes Häuschen, ein Gärtchen und so viel Land, als nöthig ist für eine kleinere Haushaltung; in der Nachbarschaft wäre täglich viel zu verdienen und das Gütchen um eine verhältnißmäßig geringe Summe zu kaufen. Wir haben freilich noch nicht so viel erspart. Aber eben darum muß uns der Bauer den Lohn erhöhen oder wir suchen einen bessern Dienst.«

So waren sie in den Garten getreten. Margarita ergriff wieder ihren Spaten. Andreas ging sogleich in den Stall. Die Thiere erkannten alsbald seine Stimme und wandten die Köpfe gegen ihn. Sobald er sein Sonntagsgewand ausgezogen, ging er an die Arbeit und besorgte das Vieh.

Der Bauer war noch nicht zurück. Er sah den Andreas nicht unter den heimgekehrten jungen Burschen und zweifelte nun, ob Margarita recht gesehen; die Liebe könnte sie denn doch getäuscht haben. Die von den Ihrigen bewillkommten Jünglinge, die des Bauers Wesen kannten und den Andreas liebten, sahen, daß der Bauer diesen unter ihnen suche und machten sich einen Spaß, ihn etwas in Ungewißheit zu lassen. »Ist denn Andreas nicht mit euch hergekommen?« fragte der Bauer. »Das könnet Ihr selber sehen«, sagten die Bursche. »Er hat den Offizieren vor allen Andern gefallen.« »Die Margarita«, sagte der Bauer, »hat doch sicher gemeint, ihn unter euch zu sehen; er habe ihr mit dem Hut gewunken.« »Gewunken haben wir Alle«, antwortete einer. »Die Margarita wird jetzt eben auch einen andern Dienst suchen. Und das muß man sagen, einen Knecht, wie Andreas, eine Magd, wie Margarita, die findet man nicht überall und nicht alle Tage. Saget nur der Margarita, ihr Andreas lasse sie grüßen.«

Der Bauer bemerkte wohl das Lächeln der Bursche, aber er meinte nun, es sei Schadenfreude, daß er seinen Andreas verloren und daß er jetzt auch die Margarita verlieren werde, und ging verdrießlich auf seinen Hof zurück. In der Nähe desselben sprang aber sein Hund voraus, er hatte den Andreas gewittert. Und der Bauer traf denselben im Stall. »So! du bist also den Feldweg hergekommen«, sagte er, und ließ nicht merken, daß ihm die Heimgekommenen etwas mitgespielt; »aber du wirst eben aus der Ferne schon die Margarita erblickt haben und bist ihr auf dem kürzesten Wege zugeeilt.« »Ihr sehet, daß mich die Arbeit und Euer Vortheil herzog, sonst wäre ich mit meinen Kameraden billiger Maßen noch ins Wirthshaus gesessen. Ich hätte es wahrlich thun sollen und dann wäret Ihr zu uns gekommen und hättet uns auch noch einen Trunk bezahlt aus Freude, daß wir zurückgekehrt. Eure Vettern und auch ich.« »Es ist mir ganz recht, daß du wieder hier bist«, sagte der Bauer, »aber am Ende hätte ich es auch ohne dich machen können.« »Das weiß ich gar wohl«, antwortete Andreas; »aber so sage ich auch Euch, daß ich es ebenfalls ohne Euch hoffe machen zu können. Und da Ihr nun selber zum Willkomm davon angefangen, so sage ich Euch frischweg, daß ich Euch von jetzt an nicht mehr um den bisherigen Lohn diene.« »Für das laufende Halbjahr«, sagte der Bauer, »hast du dich mir wieder verdungen und warest mit deinem Lohn, der recht und schön ist, zufrieden; und bei diesem bleibt es also für einmal. Auch könnte ich dir für deine mehrtägige Abwesenheit einen Abzug machen.« »Das möget Ihr«, antwortete Andreas; »aber um den bisherigen Lohn diene ich Euch und zwar von Stund an nicht mehr.« »Du kannst freilich den Dienst verlassen«, sagte der Bauer, »wann du willst, aber ich bin dann auch nicht gehalten, dir den Lohn zu geben.« »Ihr werdet«, erwiederte Andreas, »mir meinen wohlverdienten Lohn auf den Tag auszahlen; Ihr wisset doch, daß es heißt: du sollst deinem Nächsten nicht Unrecht thun noch ihn berauben. Es soll des Taglöhners Lohn nicht bei dir über Nacht bleiben bis an den Morgen; und wehe dem, der sein Haus mit Sünden baut und seine Gemächer mit Unrecht, der seinen Nächsten umsonst arbeiten lässet und gibt ihm seinen Lohn nicht.« »Du würdest mich auch schädigen«, sagte der Bauer, »wenn du mir aus dem Dienst vor der Zeit fortliefest und so wäre der zurückbehaltene Lohn nur ein geringer Schadenersatz.« »Du sollst den dürftigen und armen Taglöhner nicht bedrücken«, sagte Andreas, »und wiederum heißt es: siehe der Arbeiter Lohn, die euer Land eingeerntet haben, der von euch abgebrochen ist, schreiet und das Rufen der Schnitter ist gekommen vor die Ohren des Herren Zebaot.« Der Bauer antwortete: »Heiße es dieses oder jenes, darnach frage ich nicht, ich halte mich an das Gesetz, an Brauch und Ordnung, und nach diesen bin ich dir keinen Lohn schuldig, wenn du mir aus dem Dienst fortläufst, den du mir nicht aufgekündet hast. Das ist die Verkehrtheit der Zeit. Du warest doch froh, als ich dich von der Straße weg als Knechtlein in mein Haus aufnahm. Aber kaum ist ein solches Bürschlein an fremder und guter Kost hoch aufgeschossen, hebt er den Kopf auf, will selber Herr werden und soll die Herrschaft noch dankbar sein, einen solchen Burschen, der auf der Welt nichts hat, auferzogen zu haben. So viel ich noch aus der Kinderlehre weiß, heißt es doch auch: ihr Knechte seid gehorsam in allen Dingen euern leiblichen Herren!« »Es heißt so«, sagte Andreas, »und ich habe es an Gehorsam nicht mangeln lassen; Haus und Hof, Feld und Stall mögen sprechen. Aber so auch ist geschrieben: ihr Herren, was recht und gleich ist, das beweiset den Knechten und wisset, daß ihr auch einen Herren im Himmel habet. Nun ist aber mein bisheriger Lohn nicht mehr das, was recht und gleich, das heißt meiner Arbeit und Leistung gleich und angemessen ist; meine Tüchtigkeit ist gewachsen und Ihr bezahlet mich immer noch wie den einst schwachen und viel weniger leistenden Anfänger.« »Wie gesagt«, warf der Bauer hin, indem er aus dem Stall ins Haus ging, »du kannst, aber, versteht sich, ohne Lohn, fort, wann du willst.«

Sobald sie Feierabend hatten und wieder allein sein konnten, hielten Andreas und Margarita Rath. Sie faßten den Entschluß, keines wolle ohne das andere auf dem Hofe bleiben und wenn ihnen der Bauer nicht einen bedeutend höhern Lohn gebe, wollen sie diesen Meister verlassen. Margarita war zu Oberhofen und in der Nachbarschaft schon öfter angegangen worden, in einen leichteren und doch besser belohnten Dienst zu treten Sie konnte auswählen. Andreas sagte: ich habe auf meiner Reise wiederholt versichern hören, für einen starken und gewandten Arbeiter sei gegenwärtig weit aus der reichste Verdienst in den Tunnelarbeiten zu finden. Einer meiner Bekannten hat mich wirklich für dieselben angeworben. Es ist einer der Werkführer im Hauensteiner Tunnel in der Schweiz. Weit hin ist es nicht; und der Werkführer, der ein redlicher Mann ist, betheuert mir, ich würde mit meinen Kräften täglich bis zehn Franken verdienen. So könnten wir ja mit dem, was wir schon erspart, schon etwa in zwei Jahren jenes Gütchen kaufen. Bei den gewöhnlichen Jahrlöhnen müßten wir noch länger als zehn Jahre dienen und kämen doch nicht zu einem eigenen Heimwesen. Auch meint der Bekannte, da ich gut lesen und schreiben und mit den Leuten umgehen kann, auch schon öfter ganze Schaaren von Mähdern, Schnittern und andern Taglöhnern beaufsichtigt habe, ich würde in kurzer Zeit irgend ein Aufseher werden mit leichterer Anstrengung und größerm Lohn. Ich habe darüber seither viel nachgedacht und mich näher erkundigt. Alles bestätigt die versprochenen Vortheile und ich bin, wenn du nicht ganz und gar dawider bist, so viel als entschlossen, in die nahe Schweiz zu reisen und dort unser Glück zu suchen. Denn was ich dort in kurzer Zeit verdienen kann, gibt mir unser Bauer nie und gibt mir kein Meister nah und fern.« »Aber das Allein sein!« sagte Margarita. »Ach es wird mir«, fuhr Andreas fort, »ebenso schwer werden. Aber wollen wir einmal zusammen hausen, müssen wir uns in diese einstweilige Trennung fügen. Ich weiß keinen andern Weg zu einer eigenen Hausthüre.« »Wir haben ja aber auch schon erzählen hören«, sagte Margarita, »daß jene unterirdischen Arbeiten nicht nur mühselig, sondern auch ungesund und gefährlich seien und daß beim Durchgraben der Hügel und Berge schon manches Menschenleben geopfert worden sei.« »Unglücksfälle«, antwortete Andreas, »gibt es überall auch beim Feldbau und freilich öfter bei großen Bauten. Durch Unvorsichtigkeit oder Ungeschick oder Verwegenheit sind die Leute meist selber Schuld, wenn sie Schaden nehmen. Uebrigens ist ja unser Leben eine fortwährende Todesgefahr; wir sind aber überall in Gottes Hand und sein Aufsehen bewahret unsern Odem.« »Aber das würde mir doppelt schwer fallen«, sagte Margarita, »dich mir stets in den dunkeln und feuchten, unterirdischen Gängen zu denken, selber am heitern Sommertag in der tiefen Finsterniß, wo sie beim matten Schein und beim Qualm der Lichter arbeiten. O wie viel tröstlicher wäre es, dich auf Wiese und Feld zu wissen. Ich könnte doch denken, auch er erfreut sich dieses schönen Tages, der Wärme oder Kühle dieses Morgens oder Abends.« »Nein«, sagte Andreas, »in beständiger

Nacht und Vergrabenheit wirst du mich dir nicht denken müssen. Die Arbeiter lösen sich dort in kurzen Fristen ab; ein Theil des Tages wird auch unterm freien Himmel und in der frischen Luft zugebracht. Es könnte auch wohl sein, meinte jener Werkführer, daß ich beim Fuhrwerk angestellt würde, denn auch eine Menge Pferde seien bei diesem Unternehmen in Thätigkeit. Auch können sich selber die, welche im Innern die schwersten Arbeiten verrichten, bei gehöriger Vorsicht und Mäßigkeit gesund erhalten. Es gebe da sehr viele Leute, welche, obschon sie lange im Tunnel angestrengt gearbeitet, dennoch gesund seien und ein frisches Aussehen haben.« »Und dennoch ist es mir«, sagte Margarita, »du solltest nicht hingehen; ich spüre in mir noch etwas Anderes als das kommende Heimweh. Und wenn ich schon das Wort höre: Befiehl dem Herrn deine Wege und hoffe auf ihn, er wird's wohl machen, und: Sorget nicht für euer Leben; ihr könnet euerer Lebenslänge nicht eine Spanne zusetzen – habe ich doch jetzt schon Angst um dich, ja ich fühle es, ich werde fortwährend um dich in Aengsten sein.« »Und ich hoffe«, antwortete Andreas, »ich werde dir bald einen Brief schreiben können, der dich dann von aller Furcht befreit. Und auch du schreibst ja gern, bist, einen großen und schönen Brief mir schreibend, am Sonntagsnachmittag bei mir und ich eben so bei dir. Vielleicht findest du auch einen Dienst in der Nähe der Schweiz und dann könnten wir uns öfter wieder sehen. Oder ich finde für dich sogar einen Platz in der Schweiz selbst, denn darnach werde ich mich sogleich eifrig umsehen und dann wären wir doch wieder wöchentlich oder sonntäglich beisammen.« »Die Hauptsache ist«, fuhr Margarita fort, »daß wir fest seien, nicht das Geld, sondern Gott führe uns unsere Wege; wir müssen beten: gib mir einen gewissen Geist; wende von mir den falschen Weg.« »Daß ich gebetet«, sagte Andreas, »als ich das Loos zog, Gott möge mich stärken, mich in seinen Willen zu fügen, darfst du glauben. Und siehe, gerade an jenem Tage, als mich das Loos vom Kriegsdienst befreite, traf ich jenen mir wohl bekannten Werkführer, der mir die Vorschläge machte, mit ihm in die Schweiz zu gehen. Dürfen und sollen wir das nicht für einen Fingerzeig ansehen?« »Wir sind eben«, antwortete Margarita, »wie in einem finstern Tunnel und müssen uns der Hand anvertrauen, die uns führt. Wir haben es wie die, die es unternehmen, Berge zu durchgraben, auf was für Schwierigkeiten sie stoßen und ob ihnen ihr Werk gelingen werde, wissen sie nicht.«

»Der Glauben aber versetzt Berge«, antwortete Andreas. »Wohl wahr«, sagte Margarita, »und so wollen wir beten: stärke unsern Glauben, daß er auch die Berge der Sorgen und Beängstigungen hebe.

Inzwischen hatte der Bauer doch berechnet, was für ein Nachtheil ihm erwüchse, wenn Andreas und Margarita von ihm fortgingen und wie viel er ihnen etwa bieten sollte, um sie länger in seinem Dienste zu behalten. Er erwartete, Andreas werde ihm eine bestimmte Forderung stellen. Dieser aber schwieg und verrichtete fleißig wie immer seine Geschäfte. Endlich brach der Bauer das Stillschweigen und sagte: »Es scheint, du wollest denn doch bei mir bleiben, und es sei dir nicht Ernst gewesen mit dem, was du vorgebracht. Es ist freilich auch bald gesagt, man wolle fort und in einen besser belohnten Dienst. Aber wenn man weder einen bessern Dienst weiß, noch einen größern Lohn zugesichert hat, so ist man froh, zu bleiben, wo man ist.« »So froh bin ich aber nicht«, antwortete Andreas, »und es ist mein ganzer Ernst, ich verlange größern Lohn.« Diese Festigkeit erschreckte den Bauer, und er sagte: »So gar unzufrieden bin ich freilich mit dir und mit der Margarita nicht, und um euch das zu zeigen und euch zu ermuntern, will ich ihr jährlich zehn Franken mehr geben und dir zwanzig.« »Als ein Trinkgeld am Neujahrstag«, sagte Andreas, »ließ ich mir dieß noch gefallen; aber eine Vermehrung des Lohnes wird doch das nicht sein wollen.« »Die Dienstleute werden immer begehrlicher«, erwiederte der Bauer. »Ich dachte, du würdest das freiwillig Dargebotene mit Dank annehmen, und jetzt ist es dir ein bloßes Trinkgeld. Sag, was erwartetest und was verlangst du denn?« »Was ich anderwärts verdienen kann«, sagte Andreas, »gebet Ihr mir auf keinen Fall und so nützt es nichts, daß ich meine Forderung ausspreche.« Der Bauer antwortete: »Das möchte ich denn doch gerne vernehmen, wie hoch im Preise das Dienstvolk gestiegen sei.« »Warum sollte denn«, sagte Andreas, »die Kraft und Arbeit nicht im Preise steigen, da sich der Gewinn aus derselben mannigfach vermehrt hat? und warum soll aus der Kraft und dem ganzen Leben der Armen nur der Reiche den Gewinn ziehen? Nach Euerer Schätzung wäre meine Kraft und Fähigkeit sehr gering. Ich glaube, mich nicht zu überschätzen, aber so sehr unter einem billigen Preis gebe ich mich auch nicht hin. Ich weiß zwar wohl, in einem Dienst ist noch mehr als der Lohn das

Wohlwollen und die Sorgfalt der Herrschaft. Die Dienenden sollten liebe und werthe Glieder des Hauses sein. Wir aber sind Euch bloß ein nützliches Werkzeug. Werden wir in Euerem Dienst krank oder alt, beseitigt Ihr das unbrauchbare Werkzeug, ohne Euch um dasselbe weiter zu bekümmern, und versehet Euch mit frischem. Und daß ich es Euch nur sage: Margarit und ich sind bisher gerne hier gewesen, weil wir uns eben gerne haben. Aber jetzt gehen wir fort.« »Gehet, gehet!« sagte der Bauer, und wie wenn er dieses Wort bereute, fragte er alsobald: »Oder was fordert ihr denn? was erwartet ihr von mir?« »Ich will künftig zweihundert Franken Jahrlohn,« sagte Andreas »und Margarita muß wenigstens hundert verlangen.« »Seid ihr verrückt?« sagte der Bauer, »um diesen Lohn finde ich drei oder vier Knechte und Mägde. Was würden die andern Bauern, welche eine Dienerschaft halten müssen, sagen, wenn ich anfinge, einen so unerhört hohen Lohn zu zahlen? sie würden auch mich für verrückt halten oder meinen, ich wollte einen Hofstaat führen und statt einen Stallknecht fürder einen vornehmen Herrn Güterverwalter anstellen und besolden und statt einer Küchenmagd ein Kammerfräulein. So würdest du der Herr und ich der Knecht. Jetzt geht nur; ich habe genug; Waare, wie Ihr seid, findet sich überall und hat nicht aufgeschlagen.« »Wir wollen keine Waare mehr sein«, sagte Andreas, »und übrigens ist die wohlfeilste Waare meistentheils die theuerste.«

Andreas und Margarita verließen die Sommerau. Der Bauer gab ihnen für die schon verflossene Zeit des laufenden Halbjahres keinen Lohn. Er hatte noch gehofft, die Margarita zurückzubehalten und ihr etwas mehr Lohn versprochen; allein umsonst. Jetzt war er auch über sie erbost und meinte, sie beide werden sich zu seinen Fleischtöpfen zurücksehnen. »Es ist nur Schade«, sagte Andreas, »daß Ihr nicht auch noch, was wir in diesem Halbjahr genossen, zurücknehmen oder Euch von uns bezahlen lassen könnt; es war freilich wohl verdient, und unser Tagelohn, den Ihr uns verweigert, wird Euch kein Segen sein. Aber ich wünsche, daß er Euch zu Euerer Besserung etwa an uns erinnere und daß Ihr in Zukunft gegen Euere Dienstleute und Tagelöhner gerechter und menschlicher seid. Möget Ihr so glücklich werden als es schön ist auf der Sommerau.«

Er hatte noch den Sonntag vorher, ehe sie von diesem Hofe schieden, mit Margarita alle die Plätze besucht, wo sie so oft an

Sonntagabenden miteinander im Schatten gesessen, sich ihrer Liebe und der Schönheit von Berg und Thal gefreut, und mit einander gelesen und gesungen, er hatte Abschied genommen ringsum von der Sommerau, wo er seine Kindheit und Jugend und seit er Margarita liebte, seine schönsten Jahre zugebracht. Es that ihm wehe, von seinen Kühen und Pferden zu scheiden. Er schaute noch einmal aus seiner Kammer in die Felder und in den Wald, in denen er Jahre lang gearbeitet und in den Garten hinunter und in den Hof mit dem reichen Brunnen und sagte: »Aus deinen Bäumen, lieber Garten, weckt mich nicht mehr der Gesang der Vögel, ich höre dich nicht mehr rauschen, du frischer Brunnen, euch Tauben nicht mehr rugen.« Es war ihm, als sagte ihm jedes Spätzchen: o bleibe doch da. Auch der Margarita war es schmerzlich, sich von der gewohnten Umgebung zu trennen. Bis auf den letzten Abend widmete sie Allem, was sie im Garten gepflanzt, noch eine besondere Sorgfalt. Die Blumen, die ihr Kammerfenster schmückten und ihr Eigenthum waren, schenkte sie einigen Freundinnen.

Früh am Tage verließen sie dann in aller Stille die Sommerau, sie konnten aber nicht durch Oberhofen kommen unbemerkt, wie sie gewünscht hatten. Freunde und Freundinnen waren, da sie tagsvorher von dem frühen Fortgehen derselben gehört, auch schon auf, traten aus ihren Häusern, nahmen aufs herzlichste Abschied. »Gott behüte euch«, sagten sie, »er lasse es euch wohlergehen, wie ihr es verdient; ach, ihr werdet uns allenthalben mangeln.« Einige Freundinnen mußten weinen. Auch Margarita und Andreas waren sehr bewegt. Daß sie ihren Jugendgenossen so lieb seien, wußten sie nicht. »Wir werden auch sie vermissen«, sagte Margarita, »und um so mehr, da auch wir selbst uns trennen. Ach wie schmerzlich ist der plötzliche Verlust dessen, was man Jahre lang und täglich und stündlich und in solcher Sicherheit genossen, als ob es ein ewiger Besitz wäre!« »Aber die Liebe höret nimmer auf;« sagte Andreas. »Ja sie ist täglich neu«, antwortete Margarita, »aber sie will's dem Geliebten auch täglich sagen und von ihm es täglich hören.« »So mehr«, fuhr Andreas fort, »werde ich mich anstrengen, daß wir bald zusammenkommen; auch Hoffen und Sehnen vermehrt die Liebe.« »So wird sie in uns mächtig wachsen«, sagte Margarita, »das spüre ich wohl. Jetzt bin ich dann in meinem neuen Dienste ferne von hier mit meinem Heimweh ganz allein. Hier in Oberhofen hätte ichs doch noch meiner vertrautesten Freundin klagen können. Aber jetzt verlasse ich auch diese. Wir werden verpflanzt; ob wir das neue Erdreich ertragen werden, ist noch ungewiß. Jahrelanger Umgang mit lieben Leuten, mit Jugendgenossen ist ein unzählbarer Schatz von einzelnen Hülfeleistungen, Genüssen, Tröstungen; ihn auf einmal zu verlieren, ist ein größerer Verlust, als wenn einem sein Haus abbrennt mit allen seinen seit Jahren aufgehäuften Vorräthen, Bequemlichkeiten, Gewöhnungen Man ist fremd im fremden Haus. Wir gehen in die Fremde.« »Um, so Gott will, bald bald in ein eigenes Häuschen für immer zu kommen«, sagte Andreas. »Ja das gebe Gott«, fuhr Margarita fort; »er helfe uns, er tröste und stärke uns!«

So gingen sie dahin. Ehe sie ins flache Land hinunterstiegen, schauten sie durch die Waldlücke noch einmal nach der Sommerau zurück. Sie glänzte im Morgenlicht »So soll und wird unsere Liebe und unsere dort verlebte Jugend- und Liebeszeit immerdar leuchten, und endlich wird auch uns ein eigenes freundliches Häuschen entgegen lachen.«

Ihr Weg führte an dem Gütchen vorüber, das sich Andreas ausersehen. Sie betrachteten es näher. Es gefiel auch Margarita ungemein. In der nahen großen Ortschaft hatte sie eine neue Anstellung gefunden. Dorthin begleitete sie Andreas. Es waren stille Leute, Mann und Frau und eine erwachsene Tochter. Sie waren über Margarita's Erscheinung offenbar erfreut. Das war dem Andreas ein rechter Trost. Er glaubte, hoffen zu dürfen, daß sich die Tochter bald mit Margarita befreunden werde. Der Dienst schien leicht und angenehm und bestand in Besorgung der Küche und des großen Gartens, in welchem das hübsche Haus stand.

Auch Andreas ward freundlich aufgenommen. Der Hausvater billigte es, daß beide den auch ihm bekannten Bauer der Sommerau verlassen und daß nun Andreas in die Schweiz wolle. Dort könne jetzt allerdings in kurzer Zeit ein Ziemliches verdient werden. Die Gelegenheit sei zu benützen, um mit der Kraft der jüngeren Jahre zu wuchern. Diese Worte erheiterten auch Margarita.

Sie erhielt dann von ihrer neuen Herrschaft die Erlaubniß, den Andreas bei seiner Abreise in die Schweiz eine Strecke weit zu begleiten. Die Straße führte südlich auf eine der obern Höhen des Schwarzwaldes. Bis dort hinauf durfte Margarita das Begleit geben und gab sie es. Von dort sieht man in die nördliche Schweiz hinunter auf die Höhen und in die Thäler des Jura und zu der langen Reihe der hohen Alpen hinüber. Beide waren erstaunt über den noch nie gesehenen, wundervollen Anblick. Stumm schauten sie eine Zeitlang hin. Dann setzten sie sich unter Schattenbäumen auf die steinerne Ruhebank. »So herrlich«, sagte Andreas, »habe ich mir denn doch die Schweiz nicht vorgestellt. »Es ist des Allerhöchsten Welt und Werk«, fuhr Margarita fort, »auch für uns erschaffen, daß wir uns ihrer freuen, daß wir in diesem Heiligthum anbeten. Ja du großer Gott, der du die Gebirge in die Wolken thürmest, alle die Ströme herableitest, du bist auch unser Hort, du richtest auch unsere Pfade. Die Größe und Kraft deiner Werke stärkt auch unsere Seele, daß wir mit Zuversicht auf dich hoffen. Du, Andreas wirst vor diesen Altären noch fleißiger beten. Es ist mir, man werde von ihnen herab mit Andacht, Anbetung und Vertrauen angeweht. Ich danke dir, Gott, für diesen Anblick, für diesen Trost in der Stunde der Trennung. Ach, lieber Andreas, wäre ich nicht schon wieder in einen Dienst getreten, ich zöge jetzt sogleich mit dir. Es ist ja wie in ein Kanaan hinüberzusehen. Mir ist, als ob dort innen nur fromme Leute leben könnten, eben so frohe und heitere als ernste und stille.« »Und ists auch nicht so«, sagte Andreas, »so kann man sich auf jenen Höhen leicht und schnell aus Staub und dumpfer Luft erheben und wieder frisch werden an Leib und Seele.« »Ja thu du das, mein Lieber«, fuhr Margarita fort, »lies fleißig auf den Bergen die Bergpredigten, den besten Rath und Trost, den dort der gute Hirte auf allen Hügeln und Triften ertheilt und in jede Hütte gebracht hat. Nimm hier mein neues Testament mit sammt den Psalmen, trage doch das Büchlein immer bei dir.« »Das werde ich gewiß thun«, sagte Andreas, »und wenn ich lesen und gebetet, dann auch zum Rhein hinunterschauen und über demselben hier an den Schwarzwald, an den Feldberg, der weit in die Schweiz hinein blickt; ich will mir auch diese Höhe merken. Und du hast vielleicht auch an einem Feiertag Gelegenheit, hieher zu kommen und in die Berge zu sehen, wo ich weilen werde.« Er hatte sich dieselben auf der Landkarte gemerkt. Durch Lücken des Juragebirges sahen sie an einer Stelle die Aare schimmern; in ihr Thal hinunter werde er von den südlichen Abhängen und Höhen des Hauensteins sehen. Er zeigte ihr die höchsten Gipfel im westlichen Jura, die Geißfluh, den Belchen, eine der Einsenkungen östlich von diesem, das sei der untere

Hauenstein, über diesen hinüber sehe sie gerade in die Berner-Alpen hinein. »Nun so gebe Gott«, sagte sie, »daß dich deine neue Arbeit mehr auf jene in die Alpen sehenden Höhen des Jura führe als in den unterirdischen Durchbruch. Ich will dich mir lieber an jenen grünen und sonnigen Abhängen denken als in den feuchten Finsternissen des Berges.« »Aus denselben heraus«, fuhr Andreas fort, »wird mir der Tag und seine Welt nur um so schöner leuchten, und auch in die dunkeln Schächte wirst du mich begleiten und mir ein Licht sein.« »Das beste Licht sei dir«, sagte sie, » der, vor dem Finsterniß nicht finster ist und dem die Nacht leuchtet wie der Tag und Finsterniß ist wie das Licht.« »Ja das will ich sagen«, fuhr Andreas fort, »und würde mir in die Hölle gebettet,« siehe, so bist du auch da; auch die Nacht muß Licht um mich sein und auch im Abgrund wird deine Hand mich führen und deine Rechte mich halten.«

So redeten sie noch lange und waren ihre letztem Worte ein Abschiedsgebet. Sie mußte zurück, um noch vor Nacht wieder in ihren jetzigen Wohnort zur Herrschaft und den Geschäften zu kommen. Es mußte geschieden sein. Es geschah unter heißen Thränen und Küssen. Dann eilten sie schnell; sie hier, er dort den Berg hinunter, so sehr es sie drängte, einander wieder entgegenzuspringen und sich nochmals zu sehen und einander zu sagen: Auf Wiedersehen! Aber sie riefen es sich doch noch zu und Lebewohl! und Gott behüte dich! Es war ihr erwünscht, allein gehen zu können. Sie weinte noch lange. Als sie unten am Berge war, ging die Sonne unter; die Abendglocken läuteten; es drängte sie, zum Gebet hinzuknieen, aber sie hatte zu eilen. Ihre Herrschaft und besonders die Tochter des Hauses, sahen ihr den tiefen Schmerz an, fühlten Mitleid mit ihr und suchten sie zu trösten. Diese Theilnahme war ihr erquickend.

Bald dann schrieb ihr auch Andreas: »Ich bin immer bei dir. Je mehr mich das Heimweh plagt, desto eifriger arbeite ich und so geht die Zeit schneller vorüber und ist uns nicht verloren, und besonders dieser Gedanke macht mir leichter. Den Werkmeister habe ich, wie ich ihn schon früher gekannt, jetzt neuerdings als redlichen Mann erfahren. Er weist mich immer an Arbeiten, denen ich gewachsen bin und bei denen ich längere Zeit aushalten kann. Denn wir werden nach der Arbeitszeit bezahlt. Er ist auch darauf bedacht, daß ich eben so viel außer dem Tunnel als in demselben arbeiten kann; so bleibe ich eher gesund, ich spüre auch zur Stunde keinerlei Nachtheil von der allerdings feuchten, dumpfen und schwülen Luft im Tunnel. Ich vermochte auch schon, worüber sich viele verwundern, bei einer Stunde Erholung zwölf Stunden in derselben auszuhalten. Ich arbeite in der südlichen Hälfte, im sogenannten Trimbacher Tunnel. Trimbach ist das Dorf südlich am Fuße des Hauensteins. Der nördliche Theil des Tunnels von Läufelfingen ist nässer. Denn das Gewässer hat nach der Schichtung des Gebirges seine Richtung gegen Süden und ist nach Norden fast nicht zu bewältigen und hinauszubringen; drum denn auch der mittlere der drei Schächte, welche von der Berghöhe in den Tunnel etliche hundert Fuß tief gegraben worden sind, mit Wasser gefüllt ist, nachdem er bereits eine Tiefe von 270 Fuß erreicht hatte. Der Durchbruch von Süden her, in welchem ich arbeite, ist beinahe schon eine halbe Stunde, mehr als 5500 Fuß, in den Berg hineingedrungen und zum Theil ausgewölbt. Mit dem ausgegrabenen Gestein und Schutt wurde der Wall für die Eisenbahn aufgeworfen, welche in einem Gefäll von 2,65 vom Hundert zur Aare hinuntergeht. Durch den ganzen Tunnel führt ein Schienenweg. Zwischen den Schienen ist meist tiefer Koth; da schreiten wir auf den Schienen, den Stock in der einen und die Lampe in der andern Hand, die zwanzig oder fünfundzwanzig Minuten in den Tunnel hinein an die Arbeit. Wir haben ein eigenes Grubengewand, uns gegen die Nässe ringsum zu schützen, denn wir stehen im Koth; und wo der Durchbruch noch nicht gewölbt ist, läuft das Bergwasser beständig von oben; wir tragen daher einen mit Wachstuch bedeckten Filzhut, ein dichtes auf die Kniee reichendes wollenes Hemd und hohe wasserdichte Stiefel. Die Luft im Innersten ist bisweilen so schwül, daß viele bei der Arbeit den Oberleib ganz entblößen. Beim ersten mehr als 560 Fuß tiefen Schacht arbeitet von dem aus dem Tunnel strömenden Wasser getrieben eine Maschine, ein Ventilator, und pumpt in die innerste Tiefe hinein frische Luft. Dieser Schacht öffnet sich oben hinter dem Dorfe Hauenstein in einem Kessel des Gebirges, er ist zwölf Fuß weit und dient zur Erfrischung der Luft und zur Herunterschaffung der Gewölbsteine und mancher andern Bedürfnisse. An seinem Ausgang aus dem Berg arbeitete früher eine Dampfmaschine, um in den Tunnel hinunter Luft zu bringen. Der Schacht ist oberhalb 140 Fuß in die Tiefe hinunter gemauert, weiter hinab aber etwa 320 Fuß mit Bohlen und Sperrbalken bewandet, am untern

Theile gegen den Tunnel geht er etwa 80 Fuß wieder durch Felsen; hier steht eine Schmiede zur Wiederherstellung des Werkzeugs; hier ist auch ein Raum, wo die Arbeiter rasten, sich und ihre Kleider tröcknen können.

Die Arbeit nun ist eine mannigfache. Zu hinterst greifen die Vorhauer das Gebirg an, bohren den Fels und sprengen ihn, das geschieht erst unten am Boden, dann oben auf Gerüsten zur Rundung des Gewölbes; andere Arbeiter bauen diese Gerüste auf, andere laden das gebrochene Gestein und den Schutt, andere schaffen ihn fort, die Maurer führen mit Quadersteinen die Wände auf und setzen das Gewölbe fort. Daß die vielen Arbeiter einander nicht hindern, sind sie vertheilt und die verschiedenen Räume des Tunnels mit Zahlen benannt, so daß ein Theil der Leute in 17, ein anderer in 18 u. s. w. arbeitet, die Befehle auch von den Aufsehern, woher und wohin dieses und jenes gebracht werden solle, sicher ausgeführt werden können. Die Aufseher sind sehr wachsam und meist strenge, was bei der Mehrzahl dieses Arbeitervolkes sehr nöthig ist; denn viele suchen sich die Arbeit zu erleichtern, in der Dunkelheit etwa auch in einen Winkel zu liegen und zu schlafen, die Arbeitszeit zu verkürzen. Daher herrscht da eine feste Ordnung, und wer sich dieser nicht fügt, wird alsobald fortgeschickt. Das Werk selber erfordert die größte Aufmerksamkeit; es sind auch stets neuer und unvorhergesehener Schwierigkeiten so viele, daß die Leiter des Baues nicht vorsichtig genug sein können, und daß auch schon mehrere Bauverständige zu zweifeln anfingen, ob das Werk könne zu Ende geführt werden. Andere prophezeihen noch mancherlei Unglück. Das soll dir aber nicht Angst machen, liebe Margarita. Die Werkführer sind des Bergbaues kundige Männer; viele derselben haben auch schon nicht minder große und schwierige Unternehmungen der Art geleitet und glücklich vollendet.

Ich wohne auf dem Hauenstein bei einem rechtschaffenen Bauer. Er hatte bisher kein Arbeiter in sein Haus aufnehmen wollen. Mein Werkmeister hatte mich ihm empfohlen. Und wie mich die Hausleute eine Weile betrachtet und angehört, erlaubten sie mir, bei ihnen einzukehren. Sie gaben mir zur beständigen Wohnung eine zwar kleine aber liebliche und mit einem Ofen versehene Kammer. Sie hat ein Fensterchen gegen das Gebirge. Eine schönere Aussicht könnte ich nicht haben. Während ich dir hier schreibe, brauche ich nur aufzublicken, so sehe ich in das Aarethal hinunter auf seine Dörfer und Städtchen, Burgen und Schlösser und über die waldigen Vorberge hin an die ganze Alpenkette, die gerade jetzt wolkenlos pranget.

Vom Tunnel herauf habe ich bis in meine Wohnung eine halbe Stunde zu gehen. Auch dieser Gang nach der Arbeit in den dunkeln Räumen ist mir gesund, und hier oben athme ich wieder in der frischesten Luft.

Wenn alles so fortgeht, wie es mir bisher Gott gelingen ließ, so bin ich nicht umsonst hier, und führt unsere Trennung doch endlich zur Vereinigung.«

Margarita schrieb dem Andreas: »Ich bin immer bei dir; ich bete auch oft für dich besonders Nachts, wenn ich denke, daß dich nun die Reihe an die Nachtarbeit getroffen habe. Es fällt mir dann auch schwer, daß ich in meiner stillen Kammer ruhen soll, während du eine lange Nacht in der mühseligsten Arbeit durchwachest; könnte ich nur sie mit dir theilen! Unser große Garten gibt mir zwar viel zu thun, und ich danke Gott für die Menge der Arbeiten; aber gegen die deinen sind es ja keine Arbeiten, sondern eher Vergnügungen, besonders da mir Gott alles wohl gedeihen läßt. Die Hausfrau ist mit mir auch sehr zufrieden. So schön, sagt sie, sei ihr Garten noch nie im Stande gewesen; sie thut sich etwas darauf zu gut, wenn die Nachbarinnen vor demselben stille stehen und die Fülle der mannigfachen Gemüse beloben. Mit besonderer Freude sieht sie selber dann in die benachbarten Gärten, in denen weder Spargel, noch Erbsen, noch Blumenkohl und anderes so reich und schön steht wie bei uns. Wir brauchen nicht alles, was wir pflanzen, vieles kommt auf den Markt und bringt nicht wenig Geld; da ist denn die Hausfrau so gütig und gibt auch mir bisweilen ein Trinkgeld. Der Tochter Sophie besorge ich ihre Blumen; und es ist wahr, weit und breit sieht man nicht einen reicheren Flor. Ich wollte, ich könnte dir ein hübsches Glas vor dein Fensterchen stellen Nelken, Rosen, Nachtviolen, da sähest du durch meine Blumen in die schönen Schneeberge hinein. Die Tochter Sophie ist mir sehr freundlich. In meinem Heimweh hat sie mich schon oft getröstet. »Lesen wir etwas mit einander«, sagt sie dann, »oder singen wir ein schönes Lied.« Sie kann gar zierlich singen und klavierspielen. Sie hat mich schon manches feine Lied gelehrt und sagt unser Stimmen passen wohl zusammen, das findet auch der Herr und die Frau und sie hören uns gerne zu. Dann muß ich ihnen etwa auch eins unserer alten Lieder singen. Ach wie oft haben wir sie selbander auf der Sommerau durch Feld und Wald oder im Garten und am Brunnen beim Mondschein gesungen! O du liebe Zeit! Jüngst wünschten sie eine wehmüthige Weise zu hören, da sang ich ihnen das Lied:

Auch unter Blumen öffnen
Die Gräber sich allwärts;
Die Theuersten versinken;
In Blumen weint der Schmerz.

Bis sie uns selber decken,
Ach mangelt das Geleit.
In Blumen erst des Himmels
Geht Unzertrennlichkeit.

Die Weise dieses Liedes erweckte mir so das Heimweh und machte mir so bange, daß ich weiter nicht mehr singen konnte. Auch die Sophie weinte. Sie hat offenbar auch schon erfahren, was Liebe ist. Der Herr verlangte zu wissen, was du vom Hauenstein gemeldet habest; ich las es ihm. Und er sagte: du möchtest auch seinetwegen so ferner thun und vom Fortgang des Werkes ausführlich erzählen; das sei lehrreich. Er habe es in seiner Abendgesellschaft mitgetheilt und da haben alle gar aufmerksam zugehört. Er läßt dich grüßen. Er hat auch vernommen, daß der Bauer auf der Sommerau unser Wegsein empfinde; es habe derselbe seither schon öfter Knecht und Magd gewechselt; aber Niemand könne es ihm treffen, von einem Knecht, den er wegen des geringen Lohnes vorgezogen, sei er nachher um mehr als das Zehnfache bestohlen worden.

Möchte diese Jasmin-Blüthe, die ich in den Brief lege von dem Stocke, der vor meinem Kammerfenster blüht, noch etwas Geruch bringen. Und wenn sie dich auch nicht anhaucht, du fühlst doch meine Nähe. Ja fühle sie früh und spät! Ich herze dich und sage mit Inbrunst: Gott der Herr behüte dich!«

Nicht lange nachher schrieb Andreas wieder: »Es geht mir, Gott sei Dank! immer besser. Da ich nun mit allen Arbeiten und dem ganzen Bau bekannter, auch eine Aufseherstelle ledig geworden war, hatte mich der befreundete Werkmeister für dieselbe empfohlen. Und siehe nun bin ich einer der vielen Aufseher, habe zwar große Verantwortlichkeit, auch mancherlei Verdruß, aber doch eine minder beschwerliche und angreifende Arbeit und einen noch größeren Lohn. Ich bin daher im Stande, mitkommende Summe zu schicken. Lege sie in die Ersparnißkasse unserer Gegend.

Ich bin auch, wofür ich Gott nicht genug loben und preisen kann, durchaus gesund. Du mangelst mir freilich stets und überall; aber deine Briefe richten mich wieder auf. Das thut auch die wundervolle Schönheit der Gegend. Etwa habe ich einen freien Sonntag; dann streife ich am liebsten allein von früh bis spät auf den grünen Bergen umher und wenn ich in alle die Schönheiten hinunter schaue, denke ich tausend Mal: Ach wärest du bei mir! Ich habe mich auch schon in Olten, in Aarburg und Zofingen nach einem Dienst umgesehen, der für dich passend wäre; allein bisher umsonst. Ich gebe aber die Hoffnung nicht auf. Vielleicht würdest du aber deine jetzige Herrschaft nicht einmal gerne verlassen. Aber wie viel schöner, erquickender wären mir die Sonntage, wenn ich an denselben dich besuchen, mit dir Hand in Hand lustwandeln könnte! – Ich hatte es bisher noch nie so gefühlt, was für eine Wohlthat es ist, ein Sonntagskleid anziehen zu können. Denn so garstige Kleider, wie wir sie die ganze Woche im Tunnel tragen, hatte ich eben auch noch nie tragen müssen. Etwa eile ich am Samstag Abend bei warmem Wetter an die Aare hinunter, mich von all dem Unrath und Qualm des Tunnels zu reinigen und durch Schwimmen mich zu erfrischen. Erlaubt dieß das Wetter nicht, so eile ich Samstags noch in eins der nahen Bäder zu Eptigen oder Lostorf. Ich glaube, dieß Baden hat mitgeholfen, mich gesund zu erhalten. Sonntags früh dann, wenn der Himmel klar ist, welch ein Erwachen! Die höchsten Bergspitzen, wie vor Freude roth, sehen mir in die Kammer herein; hin und wieder liegt im Thal noch Nebel und schimmert wie ein See. Dann hebt die Morgenluft von Berg und Thal die Hüllen weg, sie fliegen auf und verschwinden und nun glänzen die Schlösser und Höfe und Dörfer. Ich öffne das Fenster; ein frischer Hauch und Wohlgeruch wehet mich an und immer wieder ein neuer Lebensodem aus einem

Abschnitt der heiligen Schrift, den ich dann lese. Es freut meine Hausleute, wenn ich sie in ihre Pfarrkirche nach Ifenthal begleite. Dieß ist ein Dörfchen, eine Viertelstunde westlich von Hauenstein. Die Kirche sieht vom Berge gar lieblich ins Thal. Vor derselben stehen Linden, in ihrem Schatten sammeln sich die Kirchgänger; man sieht zwischen den reich bewaldeten Berghalden in das Thal hinunter, durch welches sich die Hauensteiner Straße in weiten Krümmungen zur Höhe herauf windet, und durch welches hinunter nun der Eisenbahnwall sich zur Aare senkt. In der Mitte des Thals geht die Bahn auf einer mächtigen Brücke über die Landstraße. Unten im Thal glänzt die Aare und das grüne Land und überall die Hügel und Berge, die Pracht der Alpen, an denen sich die Morgennebel lösen. Herauf tönt Sonntagsgeläut. So unter der Linde sitzend bin ich schon erbaut und dann geht mir auch die schlichte Predigt des ältern Pfarrers oder die seines jungen Vikars noch eher zu Herzen. Darnach steige ich sachte über die grasreichen Bergwiesen weiter gegen Westen hin von Hof zu Hof. Sie sagen, es seien das Sennereien, wie drinnen in den Alpen, und es seien auch im Hochgebirg keine grünern Matten als hier. Ueberall öffnen sich auch die schönsten Aussichten; ich sehe wie in die Alpen, so auch zu dir in den Schwarzwald hinaus, ich bin nun gewiß, dort die Höhe gefunden zu haben, wo wir Abschied genommen. Auf diesen Sennhöfen sind überall freundliche Leute, und finden sich auch aus benachbarten Städten Gäste, die auf dem Berge den Sommer zubringen. Solcher sah ich besonders viele in Kirchzimmern; dieser Sennhof ist rings von Höhen umschlossen und nur gegen Abend offen, die Lage daher gar mild; ein erwünschter und stiller Aufenthalt für Kränkelnde; über den grünsten Wiesen und Wäldern ragen zunächst an der Sennerei zwei mächtige Felshöhen, auch sie sind noch bis zu ihren Spitzen mit Laubholz und Fohren geschmückt. Durch die quellenreichen Matten hinunter führt der Pfad weiter gegen Westen nach Langenbruck hinunter. Dorthin bin ich auch schon in die Predigt gegangen und werde noch öfter hingehen. Im Rückwege dann nach dem Hauenstein bestieg ich schon mehr als Ein Mal den Velchen, die höchste Spitze in dieser Gegend des Jura. Ach daß ich dich dort hinaufführte! da könntest du bequem zu oberst auf die Felsenbank sitzen und die Herrlichkeiten alle betrachten von den Höhen am Bodensee bis zum Montblanc. Da wollt' ich dir alle die Gipfel der Alpen nennen, die ich nun kennen gelernt habe, und dir sagen, aus was für Thälern sie emporsteigen; da sähest du am Lauf der Aare und an ihren Zuflüssen von Süden her zu deinen Füßen eine Menge Ortschaften, weithin gegen Morgen Lenzburg, dann Aarau, näher Olten, Aarburg und Zofingen, weiter hinauf den weißen Strich, es ist Langenthal mit seinen Bleichen; im Jura selber nach allen Seiten eine Menge schön geformter Gipfel und Flühen, gegen Norden weithin unsern Schwarzwald und die Vogesen. Wahrlich es war mir auf diesem Felsensitze fast nur zu schön für meine Einsamkeit.

Wie sehr viele der Tunnel- und Eisenbahnarbeiter ihren Sonntag zubringen, will ich dir nicht beschreiben. In wüsten Gelagen verprassen manche ihren so mühselig verdienten Wochenlohn. Nur Wenige sind eingezogen und sparsam; etliche ein gottloses Volk, welches, jetzt, da sie stets nur Ihresgleichen sehen und hören, noch mehr verwildert. Eine Ausnahme machen die Arbeiter aus der Umgegend, besonders die Verheiratheten und die Söhne, welche täglich wieder in ihr Elternhaus kommen.

Mehreren besonders leichtfertigen Burschen, wenn sie unter meiner Aufsicht standen, machte ich schon freundliche Vorstellungen. Sie meinten, ich spasse und lachten mich aus. Viele derselben hassen mich auch, weil ich bei der Arbeit sie nicht feiern lasse, am Werken selber der erste und der letzte bin, auch ihre abscheulichen Reden bei der Arbeit nicht dulde. Glauben sie den Aufseher nicht in der Nähe, verlästern sie ihn, verabreden auch allerlei, ihn zu betriegen. Sie sagen:»Die Herren nützen uns aus bis aufs äußerste, sollten wir nicht auch auf unsern Nutzen sehen? Die Herren stellen uns tief in alle Mühseligkeit, Noth und Gefahr, und thun nichts zu unserer Erleichterung; da müssen wir uns selbst helfen.« So sind sie einigermaßen unter sich verbunden und helfen sich oft selbst mit Opfern auf eine merkwürdige Weise. Sie klagen auch nicht ganz ohne Grund. Es herrscht in diesen Unternehmungen bei einigen zu höchst Gestellten eine außerordentliche Selbstsucht und Herzlosigkeit. Die Regierungen haben den Arbeiter und dessen Angehörige wenig oder gar nicht geschützt. Es geht kein Schiff in die See ohne einen Schiffskaplan, kein Bataillon ins Lager ohne seinen Feldprediger; und da sind viele hundert Arbeiter eine Reihe von Jahren beisammen; keine Seele denkt daran, daß sie auch Seelen seien. Es wäre schon der äußere Vortheil der Unternehmer gewesen, für das Wohl ihrer Arbeiter, welche für sie das Leben einsetzen, zu sorgen leiblich und geistig; für das Eine geschah nicht viel, für das Andere gar nichts. Die Generalunternehmer sind wahrlich keine Generäle; wenn ein rechter General, wie ich schon oft gelesen, ein Vater der Soldaten sein soll. Es scheint mir oft, gewissen Herren ist der einzelne Mensch noch von minderem Werth als ein Lastthier. Es hat unter den Arbeitern auch sehr begabte und fürs Bessere empfängliche Menschen. Ein dazu geeigneter Mann, dem die Seelsorge derselben übertragen worden wäre, hätte in der Reihe von Jahren an manchem Einzelnen gewiß mit Segen wirken können. Man sagt freilich: es sind Vagabunden, ein gottloses Volk; aber eben dessen sollte man sich am ehesten annehmen. Die Sträflinge in Zuchtanstalten, ja Galeerensklaven haben ihre Seelsorger. In dieser Beziehung sind hier Menschen und Vieh gleich gehalten. Ich erachtete es daher für meine Pflicht, da ich das erste Mal als Aufseher mit meiner Mannschaft in den finstern Tunnel zog, zu sagen: »In jedem Bergwerk, ihr Männer, ist auch eine Kapelle, da treten, die zur Grube fahren, zuerst ein und befehlen sich dem Schutze Gottes; sprechen wir darum, ehe wir an unsere Arbeit gehen, ein kurzes Gebet.« Alle lachten mir Hohn und ließen mich stehen. An jenem Tage aber verunglückten zwei von meiner Mannschaft; durch einen vom Gewölbgerüste gefallenen Quaderstein wurde dem einen ein Arm, dem andern ein Bein zerbrochen. Als wir des andern Tages wieder unsere Schicht antraten, sagte ich: »An Gottes Segen ist Alles gelegen; wenn Gott nicht wachet, wachet der Wächter umsonst; wir haben es gestern erfahren. Lasset uns Gott um seinen Schutz anflehen.« Es wurde mir jetzt doch nicht Hohn gelacht; aber die meisten gingen vorwärts und nur wenige blieben stehen, während ich ein kurzes Gebet hielt. Da ich dann aber für die Verunglückten aufs eifrigste sorgte, ihnen und den Ihrigen eine nicht unbedeutende Unterstützung auswirkte, so blieben die andern Male, wenn wir an die Arbeit gingen, noch mehr zum kurzen Gebete stille stehen, obschon auch andere Aufseher und Arbeiter dessen lachten. Es ereignete sich schon, daß wir bei Wasserdurchbrüchen oder bei andern dringenden Arbeiten auch Sonntags im Tunnel waren und naß geworden, uns in dem hiefür eingerichteten Raum tröckneten und ausruheten. Da sagte ich einmal: Es ist Sonntag; darf ich euch nicht ein Kapitel aus der heiligen Schrift vorlesen? etwa die Bergpredigt? sie ist mitten in diesem Berge noch nie gelesen worden. Einige wollten, Andere nicht. Sie kamen überein, die Minderheit müsse sich der Mehrheit fügen; es wurde abgestimmt; und siehe: es stimmten mehr für das Lesen. Die Andern waren durch ihr Uebereinkommen verpflichtet, stille zu sein; und sie waren es auch. Viele hatten diese himmlischen Worte noch nie selber gelesen. Die göttliche Wahrheit rührte ihr Herz. Sie verstanden ohne weitere Erklärung die ewigen Tröstungen: Selig sind, die da Leid tragen. Selig sind die Barmherzigen. Selig sind die Friedfertigen. Seid Kinder euers Vaters im Himmel u. s. w. Ich las sehr langsam. Das Gebet des Herrn betete ich mit rechter Inbrunst. Sie hörten stille zu bis zum Ende. Die Meisten schwiegen, ernster geworden. Einige sagten: das sei doch etwas Rechtes, solche Worte vorzulesen, und es anzuhören, mache einem Tunnelarbeiter keine Unehre. Und einer sagte: das ist denn doch die Predigt aller Predigten; du mußt uns diese und andere aus der heiligen Schrift öfter vorlesen, Andreas; und gewiß, es ginge Manches besser, wenn wir bisweilen und besonders auch an einem Sonntag so zusammen säßen. »Ich bin immer dabei«, sagte ich, »und wo zwei oder drei sind, sich zu erbauen, da ist ja eine Gemeine.« Seitdem habe ich wirklich schon öfter einigen an Sonntagen oder in Feierstunden aus der Bibel vorgelesen. Die meisten freilich haben ihr Gespött darüber und heißen mich den Apostel Andreas, den Missionar aus dem Schwabenland. Ich lasse aber nicht ab. Schon folgen mir Sonntags einige Arbeiter, wenn ich nach Läufelfingen hinunter in die Kirche gehe. Wenn auf die Herbst- und Winterzeit die Unternehmer der Zentralbahn in den vielen Räumlichkeiten im Bahnhof zu Olten für den Sonntag einen Saal anwiesen, darin sich die Arbeiter zum Lesen oder schreiben oder auch zur Erbauung und zum Unterricht versammeln könnten, so würden die Arbeiter auch ordentlicher, jetzt sind sie fast gezwungen, den Sonntag im Wirthshause zu versitzen und zu verderben. Du siehst, ich habe hier viele Veranlassung, über die Volksvernachlässigung nachzudenken und darüber Erfahrungen zu machen. Es sagten auch schon einige Uebelwollende, ich sei wahrscheinlich ein Schulmeister, der wegen Frömmelei verjagt worden sei. Andere meinen, ich habe etwas von einem Verwalter eines Zuchthauses; ich werde wohl schon in einem solchen gewesen sein. Das kommt mir jetzt freilich zu statten, daß ich auf der Sommerau oft Schaaren von Taglöhnern in Zucht und Ordnung gehalten. Ich denke in diesen Frühlingstagen oft an jene Zeit zurück. So Gott will, blühen auch uns einst noch eigene Bäume um unser Häuschen im eigenen Garten!«

Nach einiger Zeit schrieb Margarita: »Ich habe dir von einem großen Glück zu schreiben. Eine ferne Verwandte von mir, die meiner vergessen und an die zu denken ich auch keine Aufforderung hatte, ist kinderlos und ohne ein Testament gestorben, hat aber ein nicht geringes Vermögen hinterlassen und ich bin nach Untersuchung und richterlichem Spruch einzige Erbin. Gott sei Lob und Dank! Jetzt bin ich der unaufhörlichen Angst um dich bald enthoben. Wir können das Gütchen, das du ausersehen oder auch ein anderes und größeres kaufen. Künde also deinen Dienst auf und kehre, so bald du kannst, zu deiner dich mit Sehnsucht erwartenden Braut.«

Andreas antwortete: »Dein Brief lautet wie ein Mährchen, aber um so mehr ist ihm zu glauben. Ich habe auch wirklich meinen Dienst aufgekündet, kann ihn aber nach meinem Vertrag vor Ende des Monats, das ist dieses Jahr nicht vor Pfingsten verlassen. Donnerstags am acht und zwanzigsten Mai Morgens um zehn Uhr gehe ich mit meiner Mannschaft zum letzten Mal in den Tunnel. Wenn es dir deine Herrschaft erlaubte, solltest du mich abholen; so würde doch noch einmal mein Wunsch erfüllt, mit dir durch diese grünen Thäler des Jura zu gehen, durch diese jetzt so blumigen Bergwiesen und mit dir von den Flühen hinunter zu schauen. Es ist in diesen Tagen über alle Maßen schön. Die Bäume blühen im ganzen Land in vollster Ueppigkeit, wie seit Jahren nie mehr. Der Blüthenschnee wölbt sich weit und breit hoch über den schwarzen Strohdächern der Dörfer. Wenn du kämest, so würden die Obstbäume auf den Höhen des Jura erst in die volle Blüthe kommen, denn diese beginnt hier, wenn sie im Thale nach ihren wenigen Tagen verweht ist. Doppelt schön prangen hieoben die alten Obstbäume in der frischesten Verjüngung auf den Bergweiden zwischen den dunkeln Wäldern und den grauen Felsenwänden. Du könntest da mitten aus dem Blüthenschnee heraus und unter demselben hinüber sehen auf den Schnee der Alpen, der früh und spät mit Rosenroth besäumt ist wie die Blüthe der Apfelbäume; dann stiege ich mit dir alsobald zur Frohburg hinauf, nicht zunächst der vortrefflichen und viel besuchten Wirthschaft wegen, obschon wir da auch echte Landskraft träfen, guten Markgräfler, und du mir wohl zum Willkomm eins Bescheid thätest, nein der unvergleichlichen Aussicht wegen bei den rothen Buchen, die nach allen Himmelsgegenden gleich reizend ist und voll der reichsten Abwechslung. Ich saß dort allein und dein gedenkend am spätern Abend des heiligen Himmelfahrtsfestes. Auf den Zinnen der Alpen im weiten Kreis brannte das Abendopfer im sanften Feuer; auch die Jurahöhen nah und fern glüheten in tief-blauem Purpur; im goldnen Dust der im weiten Abendhimmel untergehenden Sonne standen die Vogesen und der Schwarzwald. Mir zu Füßen am Nordabhange lag schon im Schatten das stille Dörfchen Wiesen, gerade vor mir über glänzte mit seinem frischen Wald und Wiesengrün noch brennend beleuchtet die ganze Hügelkette des Hauensteins, durch den hin sich der Tunnel zieht. Daß selber am heiligen Himmelfahrtsfeste in den Finsternissen des Berges der Tagelöhner arbeiten muß, sagte mir der hinter dem Dorfe Hauenstein aus dem hohen Schlotte des Schachtes aufsteigende Rauch. Ich mußte denken: ach dort unten haben sie keine Himmelfahrt, keine Auffahrtsgedanken. Und diese waren mir jetzt um so festlicher zu Theil geworden, da nun mir so schnell und so unerwartet die Erlösung aus diesen Arbeiten der Unterwelt gekommen ist. Die südlichen Abhänge des Jura waren auch schon im Schatten, nur das Sälischlößli mit einem Thurme glänzte im röthlichen Abendlichte noch herüber und die Festung Aarburg und in der Ferne mancher Hof und Kirchenthurm. Alles um mich war still; ohne Glockenklang weidete die Heerde. Die Lichter der nächsten Höhen erloschen, die Dämmerung trat ein. Das Abendgeläut aus der Kirche von Trimbach tönte herauf. Ich schaute hinunter; der Mond ging auf; von seinem Lichte schimmerten die Wellen der Aare und die Kreuze auf den Gräbern des Kirchhofes zu Trimbach. Mein Blick blieb dorthin wie gebannt. Das Kreuz der Gräber predigt ja eben auch des Herrn Auffahrt und die Seligkeit derer, die in ihm entschliefen und aus den Gräbern der Tiefe und Finsterniß ihre Auffahrt halten durften. Es liegt im Kirchhofe zu Trimbach schon mehr als Ein im Tunnel Verunglückter begraben, Jünglinge und Hausväter. Diese Gedanken begleiteten mich auf meinem einsamen Heimgange und auch in Träumen noch. Es steht östlich von Trimbach an dem Wege, der unten im Dorfe bei der kleinen Kapelle nach Lostorf geht, zunächst demselben ein altes steinernes Kreuz auf einem Acker, welcher neben einer alten nun verschwundenen Kirche des Dorfes ehemaliger Gottesacker gewesen sein soll, umgeben von Kornfeldern und

Obstbäumen. Diesen kleinen Acker sah ich im Traume neuerdings zu einem Begräbnißplatze geworden, seiner Breite und Länge nach ganze Reihen neuer Gräber, mit weißen hölzernen Kreuzen, an denen frische Kränze hingen. Ich sah dich auf diesem Platze, und drüber erwachte ich. Und seither blicke ich immer, wenn ich ins Thal hinunter sehe, nach diesem alten steinernen Kreuze. Kommst du her und stehen wir mit einander auf diesen Höhen, so lässest du dir wohl auch dieses steinerne Kreuz zeigen, aber auch alles Andere, was das Auge ergötzt und die Seele erhebt. Ja komme doch. Schreibe, ob ich dir am Pfingstsonntag oder Montag nach Läufelfingen entgegen kommen soll; denn bis dorthin könntest du auf der Schweizerbahn fahren, und an die badische Bahn hast du ja nur wenige Stunden zu reisen. Also sage ich: auf ein baldiges und seliges Wiedersehn!«

Am achtundzwanzigsten Mai, Donnerstag Morgens um zehn Uhr, wie Andreas geschrieben hatte, lösten sich die Arbeiter in der südlichen Seite des Tunnels ab und zog er mit seiner Mannschaft an seine Schicht. Er stand auch dieß Mal am Eingang des Tunnels still mit denen, die seines Sinnes geworden, entblößte das Haupt, und sprach: »Das walte Gott, er behüte unsern Ein- und Ausgang! Bringe uns wieder hervor aus den Tiefen der Erden! Amen.« Wie sie schon tief innen am Schachte vorbeigingen, der in den Tunnel mündet und wo in der Schmiede die beiden Essen in voller Thätigkeit waren, stand er da ein wenig still und schaute auswärts. Die Arbeiter hatten gestern im Schachte über dem hölzernen Gitter, welches vor herabfallenden Steinen schützen sollte, in einem eisernen Roste oder Ofen ein Feuer angezündet, um damit die Luft zu reinigen und den Luftzug zu befördern. Andreas sagte: »Wenn ich hier bei euch zu befehlen hätte, so ließe ich dieses Feuer löschen, denn leicht könnte daraus ein schreckliches Unglück entstehen. Denket doch, wenn sich durch euer Feuer der etliche hundert Schuh hohe Holzthurm entzündete, mit dessen Wänden der Schacht eingeschalet ist! Wahrlich ihr schmiedet da nicht anders als in einem hölzernen Thurme. Und wie ich an euern Werkstätten vorüber ging, habe ich, noch ehe ihr diesen Rost aufgestellt, schon gar manchmal gedacht, da drohe noch Unglück.« Die Arbeiter sagten: »Wir schmieden hier schon die längste Zeit; die Holzwände und Sperrbalken reichen nicht so weit herunter; zunächst geht der Schacht ja wieder durch Felsen, wie oben hinaus. Je weiter ihr aber im Tunnel vordringt, desto schwüler und ungesunder wird die Luft; der Ventilator hier vermag nicht mehr genug gesunde Luft hinein zu schaffen. Nun wir aber nach Anweisung der Oberaufseher seit gestern dieses Feuer im Schacht unterhalten, hat sich die Luft hier merklich verbessert. Ihr werdet auch hinten im Tunnel leichter athmen und nicht so sehr von Hitze leiden. Wie wollte unser Feuer anzünden? Du siehst ja, es brennt in einem eisernen Rost; ein eigens hiefür bestellter Mann unterhält es und wirft, auf dem Gitter stehend, auf welchem der Rost ruht, in denselben von oben das Holz. Auch leitet ja, siehe nur, die weite, eiserne Röhre über dem Rost die Hitze in die Mitte des Schachtes und Funken können die Holzwände desselben nicht erreichen, denn diese fangen ja erst achtzig Fuß oberhalb des Gesteins an, in welches das Rohr führt. Zudem siehst du ja über dem Feuer im Rost noch einen Boden, der ist mit Lehm und Pferdemist bedeckt und steht in seiner Mitte ringsum einen Fuß vom Rohre ab. Du kannst ja durch diese Oeffnung des Bodens in den Schacht hinauf sehen.« Andreas schaute wirklich hinaus und sagte: »Es ist mir, ich sehe weiter oben noch das Tau herunterhängen; es ist betheert und drei Zoll dick. Könnte dieses nicht Feuer fangen und die Holzwand entzünden? Warum ist dieses Tau nicht ganz hinauf gezogen worden? Könnte nicht auch in der Holzwand ein Balken, ein Brett sich gelöst haben, herausstehen und herunterhängen und von auffliegenden Funken entzündet werden? Ist das Alles gehörig untersucht worden? Ist Jemand deßhalb den Schacht herab und hinauf gefahren?« »Das kannst ja du thun«, sagten die Schmiede, »du solltest uns nicht frieren; wir wollten dir hier von unten schon zünden« »Es ist wahrlich weder zum Spassen noch Spotten«, fuhr Andreas sehr ernst fort, »ihr wisset nicht einmal, wie weit das Tau herabreicht. Und da solltet ihr doch nachsehen. Ich bitte euch dringend, thut das! Und reicht es bis auf den Lehmboden herab, so eile doch schnell Einer nach Hauenstein hinauf an den Eingang des Schachts und ziehe das Tau zurück. Ich werde auch den ersten Werkführer, den ich antreffe, auf diesen Umstand aufmerksam machen.« »Es ist Schade«, sagten die Schmiede, »daß du nicht der oberste Werkführer bist; du hättest wohl den Tunnel schon längst vollendet.« »Und auch daran«, sagte Andreas, indem er sich durch den Spott nicht stören ließ, »auch daran werde ich erinnern, daß die Röhre, welche den Rauch euerer Esse in den Schlott leitet, an ihrem obern Ende, da wo sie in den Schacht mündet und an der Seite desselben hinaufgeht, von Holz ist und sich auch noch entzünden könnte. Zudem wann ist dieses Rohr gerußet worden? Ich glaube, noch gar nie. Jetzt ist durch euer Feuer im Rost der Luftzug im Schacht allerdings mächtig, ja auf eine schreckliche Weise vermehrt; wenn sich nun der Ruß in dieser Röhre euerer Esse entzündete und hinausflöge, so könnte auch er schon einen Brand veranlassen.« »Wie wollten«, antworteten die Schmiede, »fliegende Funken achtzig Fuß höher hinauf feste Balken anzünden?« »Das ist gar nicht unmöglich«, sagte Andreas; »der ganze Holzthurm da über eueren Köpfen, der wohl aus hundert Klaftern Holz besteht, ist durch die Hitze und den Rauch euerer Esse so ausgetröcknet und wird es nun durch das Feuer in euerem Roste noch dermaßen, daß wenn sich von einem einzigen auffliegenden Funken oben ein Splitter entzündet, der ganze Thurm, als wie ein Pulverthurm, von unten bis oben in Einem Augenblicke in Einer Flamme stehen wird. Dann stellt euch das Entsetzliche vor: mehr als hundert Arbeiter zu hinterst im Tunnel, und hier stürzt der brennende Holzthurm herunter und mit ihm von seiner Glut aufgelöst oben das Mauerwerk!« – »Du bist ein Narr«, sagten die Arbeiter, »würden die hundert oder mehr Klafter Holz so in Einem Augenblicke verbrennen? am Ende ließen wir's oben hinaus brennen und hätten immer noch Zeit, aus dem Tunnel zu kommen.« »Aber ihr bedenket nicht«, sagte Andreas, »den ungeheuern Luftzug, den das Feuer im Schachte erzeugen müßte, ein Luftzug, der wie ein Sturm, ja wie ein Orkan hinauf rasen und die verzehrende Gewalt der Flammen aufs äußerste vermehren würde.« »Für einmal«, sagten die Schmiede, »gibt uns das Feuer im Rost kühl und wir werden es, damit auch ihr tief hinten kühl bekommet, wohl unterhalten.« »Möge euer Feuer«, sagte Andreas weggehend, »nur Keinen kalt machen.« Vom Schachte weg bis so weit der Durchbruch vorgedrungen, war es jetzt eine Strecke von etwa 2000 Schuh. In dieser Abtheilung war der Tunnel nur 1000 Schuh weit gewölbt, die übrigen 1000 Schuh waren nur durch Holzgerüste gegen Lösung und Sturz von Erde und Steinen gesichert. Im hintersten Ende war Andreas mit seinen Leuten an der Arbeit, die bis eine halbe Stunde nach dem Mittag ihren ungestörten Fortgang hatte.

Hinter dem Dorfe Hauenstein, wo sich in einem Kessel von grünen Hügeln umgeben, der Schacht öffnet, stehen in geringer Entfernung von der Oeffnung und dem Kran, an welchem früher durch den Schacht die Arbeiter und die Bausteine und alles Uebrige hinuntergelassen worden, und eine Dampfmaschine Luft hinunter pumpte, einige Häuser, zunächst ein neues mit Ziegeln gedecktes, weiter abwärts einige Strohhütten. Am achtundzwanzigsten Mai, Mittags um 12½ Uhr, rief die Hausfrau im oberen Hause ihrem Mann, der in der Scheune war, er möchte doch sehen, es rauche aus dem hölzernen Schlotte des Schachts ganz ungewöhnlich. Der Mann kam, sah den Rauch oben heraus in dicken Schwällen und seitwärts aus allen Fugen und Ritzen des Schlotts dringen und sagte: »Das ist nicht der Rauch der Esse; und horch, wie es im Schachte knistert! es tobet und toset als wie in einer Hölle.« Und wie er dieß sagte, schlug eine Flamme aus dem Schlotte hoch und immer höher und verzehrte den Schlott und strömte und wüthete aus dem Schacht in seiner ganzen Breite mit schrecklichem Zischen und Sausen. Wenn ein solcher Flammenstrom, wie er hier bis in die Wolken empor fuhr, wagerecht zu den Thoren einer Stadt herein schlüge, im Augenblicke läge Gasse um Gasse in Asche. So hoch wie diese Feuersäule, so mächtig und gewaltig ist noch nie ein Wasserstrahl emporgeschossen. »Allmächtiger Gott«, rief der Bauer, »der ganze Berg brennt! helfet, löschet! unsere Häuser werden angezündet.« Wirklich fielen eine Masse brennender Kohlen auf das Dach; zum Glück war es mit Ziegeln bedeckt. Die Bewohner der Hütten etwas weiter unten schütteten, so viel sie konnten, Wasser auf ihre Strohdächer; kaum vermochten sie das mehr als einmal in denselben ausbrechende Feuer zu löschen. Der hohe hölzerne Schlott über dem Schachte war nun zusammengebrannt. Die Flammensäule aus dem offenen Schachte nahm nicht ab, sie trug jetzt angebrannte Bretter wie Spielkarten in die oberste Höhe; wie ein feuerspeiender Berg schleuderte der brennende Schlund lodernde Balken, ja Felsen in die Luft; es regnete und prasselte von Steinen und feurigen Holzstücken. Die Hitze versengte nahe stehende Bäume, ohne daß diese von dem Feuer berührt wurden. Und höher als der Flammenstrahl stieg und wirbelte noch die Rauchsäule. Sie wurde auf viele Stunden weit bemerkt. Das Land ringsum meinte, ganz Hauenstein gehe im Brande auf und eilte zu Hülfe.

Die Leute aber zunächst am Feuerstrome des Schachtes dachten, wie dann nach und nach die Flammensäule sich senkte, aber Rauch und Hitze immer hervorquoll und dann das für den Augenblick durch den Sturz von Balken und Steinen gedampfte Feuer wieder hindurch drang und in einem neuen heftigeren Ausbruch empor wüthete wie aus einer Hölle, sie dachten: was wird nun erst im Tunnel selbst geschehen sein? Um Gottes Willen! Ist wohl alles verbrannt? oder haben sie sich retten können? Sind auch die hölzernen Gerüste alle die lange Strecke weit in Flammen gerathen? Ist wohl alles verschüttet und umgekommen?

Eine arme Frau die eine dieser Strohhütten bewohnte und ihren einzigen Sohn im Tunnel hatte, schrie, indem sie ihr Häuschen zu retten suchte: »O mein Sohn, mein Sohn! mein Häuschen, mein Häuschen! Allmächtiger Gott, sei doch meinem Sohn und mir gnädig und barmherzig!«

Den benachbarten Häusern drohete nun das Feuer um so mehr, da auch der Kran neben dem Schacht und ein Theil des Gebäudes brannte, in welchem früher die Dampfmaschine gestanden.

Einige Leute, die auch im Tunnel angestellt waren, und beim Ausbruch des Feuers eben von ihren Höfen her über die Hügel kamen, um an ihre Schicht zu gehen, hatten auch feurige Kohlen von sich zu schütteln, welche der durch den Flammenstrom erzeugte scharfe Windzug über sie getragen hatte. Diese Leute sowie zwei Bauführer liefen nun jähsten Sprunges den Hauenstein hinunter zum Eingang des Tunnels. Da war von Arbeitern ein Getümmel, Her- und Forteilen, Fragen und Rathen und Befehlen, Ein Jammerruf, Ein Schrei: helfet! helfet!

Von hundertundzwanzig Arbeitern, die sich im Tunnel befanden, haben sich etliche siebenzig gerettet. Man zählt, frägt, ruft nach den Namen; es mangeln zweiundfünfzig. Die sind nun hinter den glühenden Trümmern des Holzthurmes und des in den Tunnel gestürzten Schuttes.

Die entkommenen Schmiede, mit welchen Andreas um 10 Uhr noch gesprochen, melden hastig: »Wir freuten uns des frischen Luftzuges und der Kühle, den uns das Feuer im Roste des Schachtes verschaffte, um so mehr, je weniger es dem Andreas hatte gefallen wollen. Wir hatten bis Mittags nach 12 Uhr schon ein gutes Stück

Arbeit hinter uns. Da rief der Heizer des Ofens über uns in unsere oben offen stehende Schmiede hinunter: »Es brennt im Schacht. Wir warfen die Hämmer weg, eilten hinaus, schauten durch die Lücke des Bodens um das Rohr herum in den Schacht hinauf und sahen ihn in hellen Flammen. Sogleich eilte einer von uns, so schnell er nur laufen konnte, in den Tunnel hinein und rief: Rettet euch! Er traf auch unsern Handlanger und Laufbuben, der den Arbeitern ihr gebessertes Werkzeug hingebracht hatte und schadhaftes auf einem Wagen zurückbrachte. Diesem sagte er: Lauf, was du immer kannst, und ruf den Arbeitern in 18 und 19: der Schacht brenne; sie sollen fliehen! Der Laufbube eilte hin und rief: »Fort, fort, der Tunnel will einstürzen!« In der Abtheilung 18 wollten sie ihm nicht glauben; in 19 aßen vier Arbeiter ihr Mittagsbrod; ein fünfter arbeitete noch und ließ sich nicht stören und sagte: es sei nicht erster April. Andere Arbeiter, da sie die Todesangst des Buben sahen, eilten sogleich hinaus; doch zogen sie noch ihre Kleider an. Er selbst vergaß auch nicht sein Speisesäcklein, sein Ueberhemd und Fläschchen, und schoß dann mit vielen andern beim Schacht vorbei, wo schon brennende Balken herunterstürzten.

In der Abtheilung 17 verschloß noch einer der Arbeiter, ehe er entfloh, die Pulverkiste und andere Kisten, in denen Oel, Kerzen und Werkzeug waren, zog noch seine Kleider an und mahnte dann noch Andere, die er in 16 und 15 fand, zur Eile. Von 15 aus konnten sie das Feuer sehen. Um den Schacht herum war es hell wie am Tage. Er half vor dem Schacht andern Arbeitern ein noch unausgebrochenes Felsenstück stützen! Das währte einige Minuten. Derweil stürzten aus dem Schacht immer mehr glühende Balken und Steine hinunter. Arbeiter, die noch aus der Tiefe hervorliefen, trauten sich nicht durch diesen Feuerregen hindurch und wichen zwei und drei Mal zurück. Und erst durch die dem Feuer schon entronnenen ermuthigt, wagten sie endlich, durch die Flammen zu springen und entkamen.

Viele waren hinten im Tunnel geblieben. Sie hatten am Morgen das Gespräch des Andreas mit den Schmieden gehört und sagten: das hat Andreas mit dem Laufbuben verabredet, und wollten dem Rufe: rettet, rettet Euch! nicht folgen.

Aber Andreas selbst, so erzählte einer der Entkommenen, beschwor sie doch so schnell als möglich zu entspringen und eilte selbst noch zu hinterst in den Tunnel, um alle zur Flucht anzutreiben und keinen zurückzulassen.

Wie dann die letzten von etwa siebenzig, die entrannen, durch die Flammen gedrungen waren, stürzte der brennende Holzthurm in den Tunnel, und die noch mit Andreas entspringen wollten, waren nun abgeschnitten.

Der Laufbube, wie er mit noch vielen andern zum Tunnel herausgestürzt kam, blickte zurück und schaute sich um und fing an aufzuschreien, zu weinen und zu jammern: »Sie wollten mir nicht glauben, auch dem Andreas nicht. Ach Gott, der ist auch nicht da; er hat mich vorausgeschickt und ist selber noch tiefer hineingesprungen, um die andern zu errufen. Er hat es so kommen sehen.«

Alles dieses Berichten, Suchen und Fragen geschah in wenigen Augenblicken.

Am Ausgange des Tunnels sind eine Anzahl größerer und kleinerer Wohnungen der Arbeiter, die sich hier seit Beginn des Werkes angesiedelt. Aus allen diesen Häusern waren die Männer, die Frauen und Kinder herbeigesprungen. Andere Frauen, Töchter und Kinder waren da, die in der Mittagsstunde ihren Vätern und Brüdern das Mittagessen gebracht. Alle suchten im Gewimmel der Hervorgestürzten, dem Tode todtenblaß Entsprungenen die Ihrigen. Namen wurden gerufen; es wurde in der ganzen Menge mit Auge und Mund gefragt: ist mein Mann, ist mein Sohn, mein Bruder auch da? Und vielfaches Jammern brach aus nach den Vermißten.

Aber nicht lange wurde müßig gejammert. Es erhob sich wie aus Einem Munde der Ruf: Auf, auf! Retten wir die Brüder! Und so stürzten mit den herbeigeeilten Arbeitern auch die dem Grabe kaum Entsprungenen mit neuem Werkzeug wieder in den Tunnel hinein, und durch den Rauch und Qualm, um durch den brennenden Trümmerwall den Kameraden ein Thor zu öffnen.

Sie mochten es in dem Rauch nicht lange aushalten und waren bald wieder gezwungen, außerhalb des Tunnels frische Luft zu schöpfen. Aber so bald sie sich erholt, eilten sie wieder hinein, andere abzulösen und die Arbeit fortzusetzen. So wird mit Aufbietung aller Kräfte vom Mittag bis am Abend gearbeitet nicht ohne etwelchen Erfolg. Man hoffte, in der Nacht noch den Wall durchbrechen und die Eingeschlossenen erlösen zu können. Bis acht Uhr Abends war man schon 8 Schuh vorgedrungen. Man ermuthigte sich auch: die Eingeschlossenen werden sich mit möglichster Anstrengung suchen hinauszuarbeiten. Von den davongekommenen Arbeitern hatten sich schon einige zum fünften und sechsten Mal in den qualmenden Rauch und Dampf, in die Hitze und an die ebenso gefährliche als mühevolle Arbeit gewagt. Das bessere Gefühl gab sich auch in roheren Männern kund.

Mittlerweile hatte die Feuer- und Rauchsäule auf dem Hauenstein eine Menge Nachbarn zur Brandstätte gerufen; sie eilten in Schaaren herbei von beiden Seiten des Berges mit Feuerspritzen und Löschgeräthen. Die von der südlichen Seite kehrten aber wieder um, da sie gehört, der Rauch steige aus dem Schacht. Die zu demselben Gekommenen aber halfen voraus die dem Schachte nächsten Häuser retten. Der Brand dieser hätte leicht das ganze Dorf Hauenstein entzünden können. Wie man das im Schacht noch immer wüthende, mit Qualm und Flammen unter einer schrecklichen Hitze stets von neuem wieder ausbrechende Feuer dämpfen könne, darüber waren die Meinungen getheilt. Einige schlugen vor, und es gebot auch ein Bauführer: den Schacht oben luftdicht zu verschließen, daß das Feuer ersticke. Lasse man diesem noch weiter freien Spielraum, so werden sich auch die vielen Zentner Steinkohlen im Tunnel bei der Schmiede entzünden. Andere meinten, das Ersticken des Feuers durch Abschließen der Luft könnte den Eingeschlossenen schädlich sein und auch ihnen die nöthige Lebensluft entziehen. Andere wollten das Feuer auswüthen lassen; es gebe das auch im Tunnel einen frischen Luftzug. Der Menge schien das Natürlichste, das Feuer mit Wasser zu löschen; viele mißriethen es, das werde im Tunnel einen erstickenden Dampf erzeugen und den Eingeschlossenen und denen, welche sie retten wollen, lebensgefährlich werden. Zuerst wurde nun der Schacht zugedeckt bis auf eine Oeffnung in der Mitte von etwa zwei Fuß. Dann rief man: an die Reihen, an die Reihen! Es ist unmittelbar hinter dem Schacht ein ziemlich großer Teich, von diesem bis zum Schacht reiheten sich die Leute; es wurde geschöpft, die Eimer flogen und der Teich wurde in den Schacht geleert. Das Dorf Hauenstein selbst hat wenige Brunnen und keine Wassersammler, so wurde denn Wasser herbeigeführt aus allen benachbarten Brunnen und Quellen und Bächen. Von diesem Löschen hatte besonders abgerathen der alte Pfarrer von Ifenthal; und wie sich nun diese Ströme Wassers in den Schacht ergossen, sagte er: »Jetzt hat's gefehlt; jetzt werden die am Durchgraben des Walls Arbeitenden so wie die Eingeschlossenen von Dämpfen umgeben.« Aber gleichwohl wurde so mit Hinunterstürzen von Wasser fortgefahren die ganze Nacht bis Freitag Mittags.

Bald trat ein, was man befürchtet, vielleicht durch dieses Löschen befördert. Bis um zehn Uhr Donnerstag Nachts hatten die Arbeiter am Durchbrechen des Schuttes schaffen können. Jetzt aber entwickelte sich Stickluft, und die Arbeiter sanken betäubt hin und erholten sich auch an der frischen Luft erst durch den Beistand der Aerzte und anderer Hülfeleistenden.

Aerzte waren aus der Nähe und Ferne herbeigerufen worden so wie ganze Schaaren Eisenbahnarbeiter von allen Seiten her von Olten, Aarau, Burgdorf, Läufelfingen. Und nun zeigte dieß Volk der Tagelöhner die größte Hülfsbereitwilligkeit, ja einen Heldenmuth, wie er sich in Schlachten nicht tapferer und schöner bewähren kann. Sie setzten das Leben ein, um andern das Leben zu retten, sie thaten es nicht um etwa die Gnade und den Lohn eines Fürsten oder den ausgesetzten Preis einer großen Geldsumme im Wettkampfe zu erringen; sie thaten es nicht in dem auch den weniger Beherzten hinreißenden Feuer des Schlachtenkampfes und der Selbstvertheidigung. Sie brachten sich selbst zum Opfer. Und wenn du, Hordreicher, Hunderttausende hingäbest, was wäre deine Gabe, die du nicht im geringsten vermissest, gegen die Selbsthingebung eines solchen Tagelöhners? Gar nichts! Oder thaten sie es aus bloß natürlicher Liebe, aus Blutsverwandtschaft, der Vater für den Sohn, der Sohn für den Bruder? Nein! die Wenigsten derer, die draußen sind, kennen die hinter dem feurigen Wall Eingeschlossenen, es sind Schweizer, welche Britten, Franzosen, Italiener retten wollen, es sind hinwieder Iren, Schotten, Würtenberger, welche alles dran setzen, daß verschüttete Schweizer, Badenser und andere ihnen ganz bekannte dem sonst gewissen Untergänge entrissen werden. Thun sie's aus Ruhmsucht? Es sind unbekannte Leute, mit Namen nicht einmal den Herren bekannt, für deren Gewinn sie arbeiten.

Wer hatte ihnen diesen durchaus uneigennützigen aufopferungsfähigen Edelmuth eingeflößt? Der vorübergehende Priester oder Levit? gewiß nicht, aber ganz gewiß der, welcher selber der Samariter hieß. Denn er ist gekommen, das Licht anzuzünden. Und er löscht den glimmenden Docht nicht aus, sondern erfacht ihn in denen, welche so oft die letzten scheinen, in dem, was schwach ist vor der Welt und unedel und verachtet, oft durch solche Ereignisse zur hellen Flamme. Oder thun sie es angetrieben von einem gewissen Korpsgeiste? sie sind nicht auf solche Weise verbunden, sie kommen und gehen der eine nach Norden, der andere nach Süden; sie sprechen verschiedene Sprachen und einige können sich gegenseitig kaum verständlich werden. Nein sie thun es durchaus in der Wahrheit: Alles, was ihr wollet, das euch die Leute thun sollen, das thut ihr ihnen. Und der arme, verachtete Tagelöhner, der nun in die Todesluft tritt, um andere daraus zu retten, wie unendlich viel größer ist er, wie unendlich viel mehr ein Mensch als jener gerühmte Kriegsfürst, der eine große Zahl tapferer, ihr Vaterland vertheidigender Krieger in einer Höhle mit Rauch erstickte. Du Tagelöhner bist ein Mensch, dieser ein Unmensch! Oder haben euch Sünden und Laster in dieses Todeswagniß getrieben, Lebensüberdruß, Ekel über Euere traurige Arbeit, Leichtsinn und Leichtfertigkeit, nun eine Gelegenheit zu haben, des elenden Lebens einmal auf eine noch zu belobende Weise los zu werden? Nein! Viele von Euch sind Söhne, welche mit ihrer Händearbeit ihre Eltern erhalten, andere Väter, welche seit Jahren alle Mühseligkeiten ausgestanden, um die Ihrigen mit Gott und Ehren durch die Welt zu bringen. Oder treibt Euch der Wahn, durch eine solche That unter die Seligen und Heiligen versetzt zu werden? Das steht Euch nicht zunächst vor der Seele, wohl aber, daß zu retten Euere Pflicht ist, und daß, der Euch dieses Pflichtgefühl und diesen Trieb und Muth eingeflößt, Euch auch helfen werde. Ihr rufet, von den mißlungenen Versuchen nicht abgeschreckt: Wagen wir's noch einmal! hinein in Gottes Namen! Oder handelt Ihr in einer gewissen Besinnungslosigkeit der Angst, in einer blinden Wuth, in einem ansteckenden Wahnsinn? gewiß nicht; denn wie kühn Ihr Euch in die Todesgefahr waget, Ihr brauchet doch noch so viel Vorsicht, als möglich ist; und die ganze Nacht hindurch währet Euere Anstrengung und den folgenden Tag, und Euer Muth und Euere Hingebung nimmt zu mit der Gefahr, in welcher Ihr die Brüder wisset; Ihr wollet Euch auch durch keine

Vorstellungen der Vergeblichkeit Euerer Bemühungen und der unfehlbaren Gewißheit Eueres Todes von neuen Versuchen abwenden lassen, und Ihr weichet endlich nur der Gewalt. Es wurde einige Stunden gerastet. Aber früh am Freitag Morgen suchten die Arbeiter wieder an den Schuttkegel vorzudringen, allein sie wurden von der Stickluft betäubt, fielen ohnmächtig oder todt hin. Da drängten sich wieder andere vor, um die Vermißten zu holen. Sie traten muthig, die eigene Todtenkerze in der Hand, in die lange und finstere Gasse des Todes. Andere fuhren auf mit Pferden bespannten Rollwagen in die Dunkelheit und Pestluft hinein; die Lichter brannten kaum noch, die Pferde schnaubten; im Tunnel lagen die Erstickenden und Erstickten, sie wurden aufgeladen und hinausgeführt; aber auch die sie herausbrachten, waren nun vergiftet, sanken ohnmächtig hin. So lagen schon ganze Reihen da bewußtlos und sterbend. Es wurden in der ganzen Zeit vierhundert halb Erstickter von den Aerzten behandelt. Diese bemühten sich aufs angestrengteste, sie wieder ins Leben zurückzurufen; ihnen halfen Männer und Frauen, besonders diese waren äußerst thätig und unermüdlich mit Waschungen und Reibungen selber um die, welche von den Aerzten schon aufgegeben wurden. So erwachte mancher wieder, die meisten unter schrecklichen Zuckungen. Viele, ins Leben zurückgerufene, bleiben aber wie gelähmt, sie haben das Gedächtniß und zum Theil die Sprache verloren. Einige derer, die sich schneller erholt haben, sind nicht zurückzuhalten und dringen mit andern zum fünften und sechsten Mal wieder in den Tunnel, denn nun gilt es, zunächst die Vermißten der Rettenden auf der langen, finstern Todesstraße zu suchen und so schnell als möglich herauszubringen. So hat sich einer, schon zum vierten Mal wieder zur Besinnung gebracht, neuerdings hineingewagt und kömmt nun nicht zurück, er ist ohnmächtig umgesunken und seine Begleiter auch schon gelähmt sind zu schwach, ihn herauszutragen. Da dringt seine junge Frau hinein, findet ihren da liegenden Mann und trägt ihn selber heraus an die Lebensluft; aber er ist todt. Unter den herausgetragenen Ohnmächtigen ist auch ein Engländer, er wird einer der helfenden Frauen zu Füßen gelegt, es ist ihr eigener Mann. Er war schon zwei Mal scheintodt herausgebracht worden und seine Frau hatte ihn unter Thränen beschworen, sich nicht mehr in den Tunnel zu wagen. Allein er konnte dem Hülfgeschrei nicht widerstehen. Sie gibt sich nun alle erdenkliche Mühe, ihn wieder ins

Leben zurückzubringen: umsonst; auch er ist ein Opfer seiner sich hingebenden Bruderliebe und ist Vater von drei Kindern. Wie alle Belebungsversuche vergeblich bleiben, erhebt die unglückliche Mutter von Schmerz überwältigt ein herzdurchdringendes Jammergeschrei. Zwei Brüder halfen ihre Kameraden, die noch nicht aus dem Tunnel gekommen, suchen, und verloren sich in der Dunkelheit selber. Der eine mußte zurück um Luft zu schöpfen; wie er wieder hinein lief, hörte er um Hülfe schreien; es war sein Bruder. Er nahm ihn auf die Schulter und trug ihn hinaus. Allein auch er wurde matter, er bat andere Kameraden: haltet mich, verlasset mich nicht. Die Lichter waren am erlöschen. Er selber fiel mit seiner Last. Da wurden beide Brüder vor dem Tunnel neben einander gelegt, der eine war todt, der andere, welcher jenen herausgeholt, kam wieder ins Leben, sah den Bruder blaß neben sich, ergriff dessen Hand; sie ist kalt. Da sagte er: »So bist du auch schon todt und vor wenigen Augenblicken noch mein treuer Gefährte!« So fiel wie in der Schlacht ein Kamerad neben dem andern angehaucht von dem unsichtbaren und nur um so grauenvolleren Feinde. Gegen ihn half weder Muth noch Kraft. Ihm zu nahen, forderte mehr Entschlossenheit als in ein Pestlazaret zu treten; denn hier wurde jeder ohne Ausnahme vergiftet und konnte er nicht alsobald das Gift wieder von sich hauchen, so starb er schneller als von einem Giftbisse. In den Tunnel zu treten, war gefährlicher als in eine Höhle voller Giftschlangen sich zu wagen; der Tod war gewisser als im Sturme auf eine Batterie. Nur die unbedingteste Hingebung, nur das vollste Vertrauen auf Gottes Hülfe führte die Hülfeleistenden in den Todeshauch des Schlundes.

Schon Freitags lagen sieben Männer todt da, die ihr Leben eingesetzt; andere vier wurden vermißt und konnten in der Finsterniß nicht gefunden werden. Man vermochte in derselben von Stunde zu Stunde immer weniger weit vorwärts zu kommen; die vergifteten Dünste verbreiteten und verstärkten sich immer mehr.

Wie dieselben verdrängt, wie gesunde Luft in den Tunnel gebracht werden könne, wurde nun hin und her gerathen. Freitags versuchte man mit Kalkwasser, das man durch Feuerspritzen in den Tunnel trieb, die Pestluft unschädlich zu machen. Umsonst! Die Mannschaft an den Spritzen, welche von Olten und Zofingen und andern Orten hergekommen, wurde auch ohnmächtig. Die stärksten Männer, welche am längsten aushielten, am angestrengtesten arbeiteten und auch um so kräftiger und tiefer Athem holten und die Stickluft einschluckten, wurden von dem Gifte nur um so mehr erfüllt. Einige blieben mehrere Tage lang krank, andere spürten die schlimmen Folgen noch mehrere Wochen später. Die Thätigkeit auch dieser mit ihren Spritzen zu Hülfe hergeeilten Leute war außerordentlich und voll Hingebung. Aber auch diese und andere Versuche mit großen Strohfeuern, mit breiten Segeln ferner, die man auf Wagen schnell vor und rückwärts bewegte: alle diese Versuche wurden als ganz vergeblich aufgegeben.

Es konnte nichts anderes helfen, als Röhren in die ganze Länge des Tunnels zu legen und mit Luftpumpen durch frische Luft die vergiftete zu verdrängen.

Es wurden daher solche hölzerne in der Höhe und Breite 14 Zoll weite Röhren überall bestellt und in der Nähe und Ferne, in Luzern, Basel und Zürich und Aarau und anderwärts Tag und Nacht gefertigt; und schon am Montag früh war 2200 Fuß weit in den Tunnel hinein eine solche Röhrenleitung gelegt und vorn an derselben arbeitete der Ventilator, getrieben von dem aus dem Tunnel strömenden Bache, welcher sich durch den Schuttkegel bald wieder Bahn gebrochen hatte. So weit die Röhren vorgeschoben wurden, verbesserte sich nach und nach die Luft. Ein Geschwisterpaar, Bruder und Schwester, saßen stundenlang vor dem Tunnel auf einem Stein und warteten, ob man ihren erstickten Bruder finde. Er wurde endlich am 2. Juni nebst drei andern Leichen gefunden. Und die Geschwister führten ihren todten Bruder auf den Gottesacker ihres Dorfes.

Bis am 2. Juni Dienstag Vormittags war die Röhrenleitung 3000 Fuß vorgerückt und Nachmittags hatte sie den Schuttkegel erreicht. Man fing an, ihn zu durchbrechen. Die Arbeit war eben so mühsam als drohend; aber auch hier entzogen sich die Arbeiter der Gefahr nicht. Sie hatten einen acht Fuß hohen und vier Fuß breiten Stollen zu öffnen. Nur etwa zehn Mann konnten daran arbeiten. Sie gruben sich durch glühenden Schutt und verkohlte Balken und glaubten Mittwochs den 3. Mai, Vormittags 9 Uhr, den Wall durchgraben zu haben, indem sie vor sich einen offenen Raum sahen. Sie hielten ein mit der Arbeit. Es war ein erwartungsvoller Augenblick. Was wird geschehen? was sich zeigen? läßt sich Nichts hören? Sie riefen; sie bliesen mit Signalhörnern. Alles bleibt todtenstill. Verwesungsdunst umgibt sie. Die Röhren werden weiter vorgeschoben und die Arbeit wieder möglich gemacht. Der Schuttkegel ist noch nicht durchbrochen. Die herunter gestürzten Balken, sich gegenseitig stemmend, haben einen hohlen, etwa sechs Fuß tiefen Raum gebildet, jenseits desselben muß weiter gegraben werden. Der ganze Wall ist 36 Fuß breit, noch sieben Fuß sind zu durchbrechen. Der Durchbruch gelang endlich am achten Tage nach dem Einsturze, Donnerstags den 4. Juni, Abends halb acht Uhr. Bis Freitag Mittags hatte man dann einunddreißig Leichen gefunden.

Die Kunde des außerordentlichen Unglücks war am nämlichen Tage, den 28. Mai, durch den Telegraphen und auf den Eisenbahnen in die weiteste Ferne gekommen. Auch an dem Orte, an welchem Margarita wohnte, wurde davon erzählt. Ihr Hausherr hörte es in der Gesellschaft und theilte es zuerst seiner Frau und Tochter mit. Sophie meinte, Andreas sei bereits aus der Arbeit im Tunnel getreten und Margarita könne über das Loos ihres Verlobten unbekümmert sein. Wie aber Margarita von dem Unglück hörte, war ihre erste Frage: »Wann, wann ist es geschehen?« Tag und Stunde konnte bereits genau angegeben werden. »Da ist er unter den Eingeschlossenen«, rief sie, und wurde todesblaß. »Er kann auch einer der Entkommenen sein«, sagte Sophie. »Nein, nein!« fuhr Margarita fort, »das ist meine Angst die letzten Tage und Nächte hindurch, wie ich sie noch nie gefühlt.« Sophie suchte sie zu beruhigen. »Noch kenne man die Namen der einzelnen Verschütteten nicht. Da das Nähere noch nicht bekannt geworden, sei es nicht erlaubt, aufs Ungewisse hin sich der Trostlosigkeit hinzugeben und das Traurigste vorauszusetzen.« »Ach«, rief Margarita aus, »er ist in den Finsternissen der Erde eingeschlossen, er ist in seinem Grabe, das nur seiner Seele sich öffnen wird. Er ist verschüttet; ich fühle es ganz und gar. Meine Seele ist zu ihm gezogen in den unerschließbaren Kerker. O du armer, armer Andreas!«

Bald darauf brachten die Zeitungen die Namen den Verschütteten, die vergeblichen Versuche alle, sie zu retten, die neuen Opfer, welche dabei gefallen. Sophie überflog die lange Reihe der Genannten und »ach Gott«! seufzte sie. Andreas war darunter. »Du hast es geahnet, wie es geschah, wie es Gott zugelassen in seinem uns verborgenen Rathschlusse«, sagte sie zu Margarita; »Andreas ist wirklich unter den Eingeschlossenen.« »Ich weiß es«, antwortete Margarita; »ich wußte es ohne die Zeitungen.« Sie rang die Hände und rief: »O du Lieber, Lieber, mußt du so sterben und sollten wir uns nicht wiedersehen!« Sophie und auch der Herr und die Frau suchten sie zu trösten: nach den Zeitungen sei noch nicht alle Hoffnung aufzugeben, die Eingeschlossenen zu erretten. Sie seien eben doch nur eingeschlossen und nicht eigentlich verschüttet; der Raum, in welchem sie sich befinden, sei lang und auch ziemlich hoch; die Lebensluft in demselben könne auch in zehn und mehr Tagen nicht erschöpft werden; es fließe ein ziemlich starker Bach schon durch den hintern Theil des Tunnels, auch dieses lebendige und gesunde Trinkwasser erfrische die Luft; die Eingeschlossenen haben noch Nahrung, Brod, Thee, Rhum und Milch bei sich; denn die Arbeiter gehen nicht ohne dieselbe in den Tunnel; sie haben auch genug Kerzen und Oel zum nöthigen Licht, ja im äußersten Nothfall können sie sich auch mit diesem Talg und Oel das Leben fristen; es seien sogar noch sieben oder acht Pferde mit ihnen eingeschlossen, diese können geschlachtet werden und zur Nahrung dienen. Unter den Abgesperrten seien auch Minengraber, welche wissen, was unter solchen Umständen zu thun sei, namentlich befinde sich unter ihnen ein Engländer, welcher einmal schon neun Tage verschüttet gewesen sei und dieser werde ihnen des Besten rathen und helfen können. Vielleicht haben sie schon mit dem Baugeräth, an welchem in ihrem Raum ein großer Vorrath vorhanden, eine Wand aufgerichtet, gegen die Stickluft, falls diese auch in den hintern Theil des Tunnels dringen sollte, was aber wahrscheinlich nicht einmal der Fall sei. Gleich außerordentlich seien auch alle die Anstalten zur Rettung und der Eifer und die Hingebung, die von allen Seiten zu Hülfe kommen. Andreas selber sei zudem ein eben so kluger und vorsichtiger als unerschrockener Mann, er habe auch im Bergbau bereits viele Erfahrung gewonnen; vielleicht daß ihm Gott selber einen guten Rath eingegeben, wie sie sich, bis der Schuttkegel durchbrochen, das Leben fristen können. Gott werde auch ihn nicht in der Tiefe der Erde verlassen, er werde auch sein Gebet erhören. »Ja«, sagte Margarita, »beten, beten, das ist das einzige, was ich thun kann und was auch er thut, ich weiß es. Helfet uns beten, daß ihn Gott nicht verzweifeln lasse mitten in der Nacht und den Schrecknissen des langsamen Todes, da für die Seele kein Ausgang ist als nur mit Zurücklassung des irdischen Lebens. Ich wache mit ihm die ganze Nacht und bete. Ach ihm wechselt nicht mehr Tag und Nacht. Und sollten auch auf ihre Seite die erstickenden Dünste dringen, ich darf an all den Jammer und das Entsetzen gar nicht denken. Aber jetzt, da ihr mir schon erlaubt habt, während der Pfingstwoche in die Schweiz zu reisen, um den Andreas abzuholen, so werdet ihr nun die Erlaubniß nicht zurückziehen. Ach es ist jetzt nicht ein Lustreischen. Ich gehe meinen Bräutigam, das Herz meines Herzens, zu begraben, ihn, der mein Gatte sein sollte. Es ist Niemand dort, der um ihn weint; es sollen seinem Sarge und Grabe die heißesten und treusten und schmerzlichsten Thränen nicht mangeln. Vielleicht sehe ich dich doch noch im Tode, du Guter, Treuer, und drücke dir noch die kalte Hand.«

»Wir wollen hoffen, liebe Margarita«, sagte Sophie, »du erlebest noch die höchste Freude und er werde dir, gerade wie du hinkömmst, lebendig und unverletzt aus dem Grabe heraus geführt. Gott selber schenke ihn dir wieder!« »Ach«, sagte Margarita, »ich darf mich diesen Hoffnungen nicht hingeben; die Täuschung wäre nur noch um so trostloser. Und doch, und doch kann ihn Gott ja wohl wieder an's Tageslicht herausbringen und ihn seine Sonne wieder sehen lassen und seiner Hände Werk. O wie viel seliger würde ich mit dem mir wieder Geschenkten mich des Mai's und der schönen Berge freuen und wieder zu Euch zurückkehren! Aber ich darf es nicht hoffen. Es ist zu traurig in meinem Herzen.«

Sie zog auch ein Trauergewand an, als ob sie dessen ganz gewiß wäre, sie gehe an das Leichenbegängniß ihres Verlobten. Sophie bot ihr andere Reisekleider. Allein Margarita sagte: »Sollten wir uns hienieden wiedersehen, sollte ihn Gott aus dem Grabe hervorführen, so soll mein Andreas sehen, daß ich traurend an seinem Grabe gestanden; und für die Demuth dieser unaussprechlichen Freude, wenn Gott sie uns hier auf Erden noch wollte werden lassen, schickte sich auch dieses Kleid eines Dank- und Buß- und Bettages. Erschiene ich aber am Grabe meines Verlobten und am Grabe seiner so vielen Mitverschütteten in einem farbigen Kleide, ach das würde sich nicht schicken. Zudem finde ich im Trauerkleide wohl eher den Trost und die Theilnahme oder auch die Schonung, deren mein armes Herz so sehr bedarf.«

Sie reiste nun auf dem nächsten Wege nach der Badener Eisenbahn und auf derselben nach Basel. Die hohe, schöne Gestalt, das edle jetzt so blasse Angesicht, ihr Trauergewand und der unendliche Schmerz, den ihre ganze Erscheinung aussprach, machte die Reisenden auf sie aufmerksam. Sie wird wohl Schwester, Braut oder Gattin eines der im Hauenstein Verschütteten sein, vermutheten Viele. Auf der Fahrt von Basel nach Läufelfingen erkundigte sie sich bei einem Reisenden, dessen Bescheidenheit und Theilnahme sie zum Reden ermuthigte, nach dem Stand der Dinge im Hauenstein. Der Reisende meldete, daß die Röhrenleitung vorrücke und die Arbeiten wieder möglich mache, den Schuttkegel zu durchgraben und wie die im Bergbau Erfahrenen und sogar Aerzte und Chemiker die Hoffnung haben, es könnten selber nach diesen verflossenen acht Tagen die Eingeschlossenen leben, und morgen oder spätestens übermorgen wieder ans Licht gebracht werden. Es sei ein gutes Zeichen, daß der Bach wieder voll und lauter durch den Schuttkegel fließe und daß, wie sich beim Angraben des Kegels gezeigt, die vielen dort ausgespeicherten Steinkohlen nicht entzündet worden seien. Auch denken Einige, wenn sich in dem hintern Theil des Tunnels aus den Kohlen nur Kohlensäure verbreitet, welche schwerer sei als die Lebensluft, so haben sich vor dieser Stickluft die Arbeiter auf die hohen Gerüste retten und dort sich noch einige Zeit halten können. Margarita sagte: »Ich mache mich auf das Traurigste gefaßt, ich bin bereit, den zwei und fünfzig Verschütteten an das Leichenbegängniß zu gehen. Es ist freilich Gott Alles möglich. Aber er hat ja auch eilf derer, welche so edelmüthig retten wollten, sterben lassen. Wir müssen uns seinem Rathschlusse unterziehen, so dunkel, ja grausam der uns scheinen mag. Ach wir sollen Gott sogar in allen Leiden preisen!«

Margarita hatte unterwegs vernommen, daß einige der bei den Rettungsversuchen Gestorbenen in Läufelfingen am 31. Mai, am Pfingstsonntage, auf dem Gottesacker bestattet worden seien. Sie begab sich daher zuerst dorthin. Sie dachte, die edeln Männer sind auch für meinen Andreas gestorben. Billig dank ich ihnen noch auf ihrem Grabe. Ich hätte sie zu demselben begleitet, wenn ich hier gewesen wäre. Sie traf bei diesen frischen Gräbern, wie sie schließen mußte, jene Engländerin mit ihren drei Kindern, sie knieten am Grabe ihres Vaters, weinten und beteten. Auch Margarita kniete hin und weinte mit ihnen und dachte an Andreas; sie war jetzt in der Nähe seines schauerlichen Aufenthaltes, vielleicht seines Grabes, vielleicht gerade in der Stunde hier seines letzten langsamen und qualenvollen Hungertodes und Todeskampfes. Der Jammer überwältigte sie, sie senkte ihr Haupt ganz auf den frischen Rasen eines dieser Gräber, sie schluchzte und überließ sich ganz ihrem Schmerz. Die Mutter richtete sich auf, bückte sich voll Theilnahme zur Margarita und redete, da sie seit ihrem Aufenthalte am Hauenstein etwas deutsch gelernt hatte, in dieser Sprache zu ihr und sagte: »Arme Frau, wen habet denn Ihr verloren?« »Ich sollte mich mit Ihnen trösten«, sagte Margarita, »Sie haben mehr verloren als ich, Sie sind Wittwe geworden; Sie sind fern von Ihrer Heimat, von Ihren Verwandten durch Land und Meer getrennt. Und jetzt in Ihrem unendlichen Verluste nehmen Sie sich noch meiner an. Ich bin auch fremd hier; kein Auge weint mit mir.« Und jetzt erzählte sie ihr Schicksal. Die Wittwe ward noch mehr gerührt, sie hatte durch ihren Mann den Andreas kennen gelernt, und bat Margarita, ihr in ihre Wohnung zu folgen und bei ihr zu bleiben. »Ich will es thun«, sagte Margarita; »Gott segne Sie für Ihre Theilnahme; er hat mich in Ihre Nähe gebracht und Sie mir zur Trösterin gegeben.« »Die Unglücklichen«, sagte die Wittwe, »und die Nichtverzagenden und auf Gott Trauenden sind sich der beste Trost.« Auch die Kinder der Wittwe zeigten sich zutraulich gegen Margarita. Die Wittwe sagte auch noch einigen ihrer Landsleute, wer die Hergekommene sei; auch diese kannten den Andreas; er war ihnen einer der werthesten Arbeiter und Aufseher und hatten seinen Auftritt ungern gesehen. Auch sie hofften noch, daß wenigstens ein Theil der jüngeren und stärkeren der Eingeschlossenen lebe, und äußerten gegen Margarita eine herzliche Theilnahme.

Frühe am folgenden Tag, es war Freitag der fünfte Brachmonat, stieg Margarita den Hauenstein hinauf. Wer ihr begegnete, vermuthete, sie werde um einen der Verschütteten Leid tragen. Auch der Gefühllosere empfand Mitleid mit ihr. Sie fragte, wie weit die Rettungsversuche in der Nacht vorgerückt seien, und vernahm, heute werde man in den hintern Theil des Tunnels gelangen und über das Schicksal der Abgeschlossenen zur Gewißheit kommen. Sie ließ sich die Stelle zeigen, wo der eingestürzte Schacht oben sich mündet und die Richtung, in welcher sich der Tunnel hinzieht. Sie stand lange auf der verdeckten Oeffnung des Schachtes. Es war ihr, als sollte sie ihrem Andreas hinunter rufen. Sie sah noch die Spuren des Feuers, welches das entsetzliche Unglück zur Folge hatte. Dann ging sie den grünen Hügel hinauf und in der Richtung des Tunnels gegen Norden vorwärts. »Da unter meinen Füßen«, dachte sie, »ist der finstere, nasse Felsenkerker so viele Thurmshöhen unter mir. Ach, ihr Unglücklichen, wie werdet ihr in diesem finstern Gange die acht Tage und acht Nächte hin und her gegangen sein, rath- und thatlos! Konntet ihr fortleben, ach so muß doch von Tag zu Tag euere Angst gestiegen sein. Die Angst hat euch entkräftet; kam auch über euch von Klagen und Jammer Erschöpfte der Schlaf, ihr seid jedes Mal zu nur noch größern Qualen erwacht.« Als sie meinte, sie sei so weit vorwärts gegangen, als der hintere Theil des Tunnels reiche; es war dort eine kleine Vertiefung, blühende Obstbäume standen umher; da knieete sie unter denselben nieder, senkte das Haupt in das Gras und die Blumen. Es war ihr, als spüre sie die Nähe ihres Freundes. »Andreas, Andreas«, rief sie in den Wasen hinein, »lebst du noch? hörst du mich? spürst du mich? O du allmächtiger Gott, hast du ihn bis jetzt erhalten, o so friste ihm das Leben noch diesen Tag über! Laß es den sich so bereitwillig Hingebenden gelingen, ihren Brüdern die Hand zu reichen in das tiefe, schauerliche Grab hinein und sie hinauszuführen an dein Tageslicht! Allmächtiger, es ist dir Alles möglich; du konntest mitten in den Schrecken des Todes die Unglücklichen erhalten, du kannst meinen Freund in dem Verließ und der Finsterniß da unten auch meine Nähe und stimme und verspüren lassen; du kannst die letzte Lebensspur in ihm noch unter der Asche erhalten und sie anfachen zu einem neuen Lichte; Herr thue das! Erhöre mich! Hast du aber seiner Seele schon geöffnet das Felsengebirg, hast du ihn errettet aus dem Leibe dieses Todes, hast du ihn mit deiner allmächtigen Vaterhand schon erhoben in dein Lichtreich, aus der tiefsten und finstersten Kammer in deine ewige Seligkeit, o so mache mich dessen recht gewiß und tröste und stärke mich, dein verwaisetes Kind! O du lieber Andreas, wo deine Seele auch weilt, ich weiß es, ich fühle es, du betest mit mir, wir sind vereint vor Gottes Thron.«

So lag sie lange, wie an die Stelle gebannt. Endlich stand sie auf. Sie wollte zum Eingang des Tunnels hinunter. Wie sie über den Hauenstein hinging, sangen über ihr im blauen Himmel die Lerchen, Sommervögel flogen um sie, sie sah die höchsten Gipfel der Alpen, wie sie strahlend gen Himmel deuteten. Im Hinuntersteigen traf sie Eltern, Kinder, Geschwister, Freunde und Freundinnen der Verschütteten mit ihr selbst in gleicher banger Ungewißheit, in größerer Furcht als Hoffnung dessen, was ihnen nun die nächste Stunde sagen und zeigen werde.

Der Wall war durchbrochen, die ersten Verschütteten gefunden, aber nicht mehr lebendig, wie man gehofft. Leichen lagen bei Leichen, einige hatten noch ihr Werkzeug in den Händen. Auch sie hatten den Schuttkegel durchgraben wollen, waren aber wahrscheinlich alsobald erstickt, denn einige hatten noch Brod bei sich.

Den Verwandten der Verschütteten wurde gestattet, in der Nähe des Tunneleinganges zu stehen und zwar oben am Borde des Weges auf der östlichen Seite, von welcher her ein frischer Wind wehete. Die Leichen wurden herausgebracht. Ein entsetzlicher Anblick! Sie waren schon durchaus unkenntlich geworden. Die meisten konnten nur noch an einzelnen Kleidungsstücken erkannt werden. Es waren der Todten einunddreißig. Wie aber an diesem oder jenem Merkzeichen die Hausfrau ihren Mann erkannte, der Vater oder die Wittwe ihren Sohn, der Bruder den Bruder, da brach der Schmerz aus in Thränen und Klagen. Andere traten stumm und blaß zurück und schauten noch, wie die theure Leiche in den Sarg gelegt wurde. Einige mußten von den Leichen der Ihrigen und aus dem Geruch des Todes hinweggedrängt werden. Eine nun zur Wittwe gewordene arme Frau sah man mit ihren sechs Kindern auf die Seite gehen, niederknieen und beten. Bei einigen Todten wurde erspartes Geld gefunden, das vermehrte noch den Schmerz des alten Vaters, der Mutter oder des Kindes. Mit Thränen in den Augen lobten sie den in seiner mühseligen Arbeit Hingeschiedenen. »Ach«, sagten sie, »er hatte ein besseres Loos verdient; er hat seit Jahren nur für uns gearbeitet und sich selten nur Rast und Erholung gegönnt.« Andere Leichen wurden nicht erkannt; es waren wie es schien, Leute fast namenlos, ohne Angehörige, ohne Freunde, solche, denen im Tode wie im Leben Niemand nachfragte. Auch diese Verlassenheit bewegte die Umstehenden sehr, sie empfanden, wie gewiß noch nie, die Hinfälligkeit des Menschen und wie wenig der Einzelne zu bedeuten habe, wie wenig nothwendig, wie ganz und gar nicht unersetzlich er hier zu sein scheine, ein Rauch und Dampf, der

Schatten einer Wolke. Und dennoch wie theuer, wie unentbehrlich der einzelne treue Arbeiter und Versorger sei, sagten im Kreise so viele bittere Thränen. Wie groß die Treue, die Aufopferungsfähigkeit auch der einzelnen der Beamten, der Aerzte, der gemeinsten Tagelöhner, zeigte sich auch hier wieder, da sie bei dem grauenvollen Geschäft und Anblick und Hauche ausharreten und ihre Pflicht erfüllten.

Unverwandt hatte Margarita vom Borde herab Leiche um Leiche betrachtet. Sie war ganz gewiß, daß unter denselben ihr Andreas nicht gewesen. Sie hatte auch einigen Arbeitern gesagt, wen sie suche. Diese kannten den Andreas, redeten mit Liebe von ihm, hatten auch gehört, wie er in den Tunnel zum letzten Mal hinein gegangen, von dem Feuer im Schacht noch warnend zu den Schmieden gesprochen. Sie sagten: »Wenn menschliche Klugheit und Anstelligkeit retten können, so ist Andreas noch am Leben; auch war er der bravste von Allen. Wir wissen auch, wie er gekleidet war, und wir würden ihn, auch wenn er sonst unkenntlich wäre, an seinem außerordentlich hohen und starken Wuchse doch erkennen. Er war der schönste Mann unter allen Arbeitern.«

Der größere Theil dieser einunddreißig Särge wurden nach Trimbach hinunter geführt und dort unter einem großen Begleite Theilnehmender beerdigt. Als das Begleit sich entfernt hatte, knieete eine Bäurin an eines der Gräber. Ein Herzukommender fragte sie, ob sie einen Sohn oder Gatten verloren? »Nein«, antwortete sie, »aber wer wollte nicht für die armen Seelen beten!«

Margarita aber stand noch immer am Eingang des Tunnels. Sie sagte, sie werde die Stelle jetzt nicht verlassen, bis sie Gewißheit habe über das Schicksal ihres Verlobten. Bis zu hinterst in den Tunnel war die Röhrenleitung noch nicht vorgerückt und es war immer noch Hoffnung, die Stickluft werde nicht bis in die hintersten Räume gedrungen sein. Als die Nacht eingebrochen, wurde sie von den in den nächsten Häusern wohnenden Frauen kaum bewogen, ihnen zu folgen und ein Nachtlager unter ihrem Dache anzunehmen. »Was hatte er für ein Nachtlager«, sagte sie, »seit nun neun Nächten? Ich bin doch unterm freien Himmel und in gesunder Luft. Und ist er schon heimgerufen, was könnte mir Erwünschteres begegnen, als auch hinüberzuschlummern?« Sie ließ sich endlich überreden, das Bord des Weges zu verlassen. Sie schlummerte aber auf dem Lager, das ihr freundlich bereitet war, nur kurze Zeit und war schon früh vor Tage wieder am Tunneleingange und erkundigte sich, wie weit die Arbeit in den Nachtstunden vorgerückt sei. Es wurde ihr mitgetheilt: die Röhrenleitung erstrecke sich bereits 1800 Fuß weit hinter dem Schacht; einige Leichen seien gefunden worden; die des Andreas sei nicht unter diesen. Um an das Ende des Tunnels zu kommen, müsse man noch 400 Fuß vorrücken, in diesem entferntesten Raume könnte doch noch frische Luft sein; man habe auch die erste Luftleitung wieder hergestellt. »Ach«, sagte Margarita, »seid ihr den Eingeschlossenen auf 400 Fuß nahe gekommen und es wäre noch Eine Seele am Leben, so hätte sich doch dieser Einzige noch geregt, ja wenn immer möglich, mit den letzten Kräften, wäre er euch entgegengekommen. Es ist jetzt Alles aus und ihr werdet einundzwanzig Leichen herausbringen und darunter meinen Andreas. Gott hat ihn anders als wir gewünscht, aus dem Tode erlöset.« »Es könnten«, meinte ein Arbeiter, »denn doch einige noch am Leben sein, aber vor Entkräftung sich eben nicht mehr regen, durch ärztliche Hülfe aber vielleicht wieder hergestellt werden. Denn die zuletzt gefundenen Leichen seien bei weitem nicht so entstellt wie die im vordern Raume gelegenen.« So wurde noch der letzte Funken der Hoffnung in Margarita genährt. Sie hielt mit vielen Andern, welche des Ausgangs der Ihrigen gewiß werden und sie zum Grabe oder wieder ins Leben begleiten wollten, auf dem Borde des in den Tunnel führenden Weges Stunde um Stunde aus. Nachricht kam um Nachricht, es finden sich weiter hinten keine Leichen mehr, es könnte sein, daß sie sich bis an das Ende des Tunnels zurückgezogen und sich dort auf irgend eine Weise gesichert hätten. »Das läßt sich nicht denken«, sagte Margareta, »ist es geschehen, so sind sie auch dort auf ewig entschlafen; denn nun ihr ihnen so nahe gerückt, würden sie irgendwie ein Lebenszeichen geben.«

So wurde gewartet den ganzen Tag. »Die Leichen sind gewiß alle gefunden«, sagte Margarita, »aber man will es uns verheimlichen, die Unruhe im Volke, das rings herum wartet, nicht vermehren; es haben sich vielleicht Umstände ergeben, welche die ersten Schauerlichkeiten noch übersteigen.« Die vielen umherstehenden Arbeiter, die mit nicht weniger Spannung des endlichen Ausganges warteten und besonders die Angehörigen der letzten einundzwanzig Verschütteten wurden sehr ungehalten; und da man wußte, daß nun alle Leichen aufgefunden seien, wurde verlangt, es sollen alle Aufgefundenen noch aus dem Tunnel herausgebracht werden, ehe es Nacht werde. Die Unruhe wuchs und das Verlangen wurde lauter, da es hieß, man wolle die Aufgefundenen im Tunnel selbst in die Särge legen und noch diese Nacht in aller Stille beerdigen. »Das soll nicht sein«, riefen viele Arbeiter, »unsere Brüder sollen wie die andern einunddreißig am hellen Tage und feierlich begraben werden. Es ist morgen Sonntag und da wird ihnen der ganze Berg das Grabgeleite geben.« Die Angehörigen der Todten sagten: »Um Gottes willen, lasset uns sie noch zum letzten Male sehen.« Umsonst suchte man sie von ihrem Wunsche abzubringen; einige der Leichen seien doch nicht mehr zu erkennen; ihr Anblick sei zu schauerlich; es müsse auch für die Gesundheit der vielen Umstehenden gesorgt werden. »Und ich will meinen Sohn sehen«, rief ein älterer Mann, der neben Margarita gestern und heute am Tunnel gewartet; »wer hat ein Recht, mir seine Leiche vorzuenthalten? soll ich mein Auge von ihm abwenden? er hat das nicht verdient. Wisset ihr, was es heißt, auf solche Weise einen braven Sohn verlieren? ich will ihn sehen?« »Ach machet unser Herzeleid nicht noch größer«, flehte auch Margarita, »bringet sie doch heraus, ehe die Sonne untergeht, daß sie noch einmal, das letzte Mal in der Theuern Angesicht leuchte, ehe sie der Sargesdeckel und das Grab auf ewig mit Nacht bedeckt. Entziehet uns nicht den letzten Trost! wir scheuen und fürchten keinen Todeshauch! Sind sie im Herren entschlafen, o so lasset uns noch in ihren Mienen den Frieden des Gottes sehen, der sie auch in den Todeskämpfen nicht verlassen hat.« Die Beamteten, welche den Auftrag hatten, die Leichen so bald und so still als möglich zu beerdigen, fanden die Bitten so gerecht als menschlich. Sie sahen auch einige der Leichen durchaus unentstellt und so, daß deren Anblick allerdings noch Trost gewähren konnte; und so beschlossen sie, die Bestattung auf den andern Tag zu verschieben und ließen nun die Särge, in welche die Todten schon gelegt waren, zum Tunnel herausbringen.

Es war ein stiller klarer Samstag Abend; im sanften Abendlicht prangten ringsum die üppig bewaldeten Berghalden und zwischen denselben herein in das Seitenthal und die Schlucht leuchtete das schöne Land und sein strahlendes Gebirg. Aber in alle diese Pracht hinaus schaute jetzt kein einziges Auge; nicht auf das Leben, auf den Tod war jeder Blick gerichtet. Sarg um Sarg wurde auf den Rollwagen sachte aus dem gewölbten hohen Thore herausgebracht, wie aus einer unterirdischen Stadt des Todes. Das milde Abendlicht bestrahlte noch das Thor und den Raum vor demselben. Wie ein Sarg herausgeführt war, wurde der Sargesdeckel abgehoben. Die meisten Todten wurden erkannt und mit Namen genannt. Es wurde den Verwandten nicht verwehrt, näher zu treten. Unter heißen Thränen wurde noch Hand auf Hand gelegt, wurde noch segnend und dankend die Stirne berührt. Einige Leichen, besonders die der jüngern Arbeiter, waren noch unentstellt. Einzelne schienen noch nicht lange entschlafen. Alle hatten die Hände über der Brust ge-kreuzt oder gefaltet. So war ein großer Theil gefunden worden zu hinterst im Tunnel auf einem Gerüst, einer neben dem andern ent-schlafen. Schon stand den Weg hinunter die lange Reihe von neun-zehn Särgen. Margariten, die nahe am Thore stand, wo die Sargde-ckel abgehoben wurden, und die aufs schärfste jede Leiche betrach-tete, wurde angst und bang; sie zitterte. Hatte sie nicht recht gese-hen? Ist unter den mehr Entstellten und fast unkenntlich Geworde-nen ihr Andreas gewesen? ist er unerkannt bereits vorübergeführt? und welcher der vielen Särge birgt ihn nun? Oder ist er gar schon unter den ersten, den schon begrabenen einunddreißig gewesen? Haben sich auch die Arbeiter getäuscht, die versicherten, sie wür-den seine Leiche unter allen herausfinden? Es kam der zwanzigste Sarg, unwillkürlich ging sie ihm entgegen, er wurde abgedeckt: »O Gott«, schrie sie, »das ist mein Andreas«, und fiel über ihn hin und küßte ihn und benetzte sein durchaus noch frisches, ja blühendes Angesicht mit einer Fluth von Thränen und strich ihm das Haar aus der schönen Stirne und küßte auch sie, und faßte seine über der Brust gefalteten Hände in die ihren und legte ihr Haupt auf seine Brust und sagte: »O du Guter, Treuer, Lieber, Lieber!« und küßte ihn wieder und wieder. Alle weinten mit ihr, auch die Beamten, die nun seit zehn Tagen das Schrecklichste gesehen und erlebt, deren Mitleid von all den Sorgen und Geschäften Tag und Nacht zurück gedrängt war, konnten nun weinen, selber das Auge manches rohe-ren Angesichtes wurde naß. »O welch eine Liebe!« sagten viele; »was für ein schönes Paar sind die gewesen; wie Schade, wie Scha-de!« Einer der Hülfe leistenden Aerzte mahnte Margarita sanft, sie möchte ihrer Gesundheit schonen. »Ach«, sagte sie, »ist er denn todt? noch ist ja etwas Farbe auf seinen Wangen; noch sind seine Lippen roth; es umgibt ihn kein Leichengeruch. Nein, er ist nicht todt, er kann nicht todt sein.« »Er ist ganz gewiß todt«, sagte der Arzt; »sein Aussehen hat auch uns zuerst getäuscht; wir haben seit Stunden alle möglichen Belebungsversuche mit ihm vorgenommen; umsonst!« »O«, sagte sie, »gebt die Hoffnung noch nicht auf, machet neue Versuche hier in der frischen Luft, hier am Sonnenlicht, versuchts mit Bädern.« »Beruhigt euch«, sagte der Arzt, »es ist Alles geschehen. Das Leben ist entwichen. Die nach ihm folgende einundzwanzigste Leiche hat ein Aussehen noch frischer und blühender; auch an ihr wiederholten wir vergeblich alle Belebungsversuche. Diese beiden letzten und einige andere, welche bei einander lagen, wie wenn sie sich friedlich zur Ruhe gelegt, müssen fast selig entschlafen sein. Tröstet euch dessen.« »Ja das ist noch ein großer Trost«, sagte Margarita, »du bist selig entschlafen, lieber Andreas, du bist im Herren entschlafen. Er war dir nahe mit seinem Trost und Licht und Leben. Und nun lebe wohl, auf ewig wohl und auf Wiedersehn im bessern Leben!« Und so küßte sie ihn nochmals und legte ihr Haupt an das seine. Der Arzt bat sie dringend, sie möchte doch zurücktreten. »Ja«, sagte sie, »es muß geschieden sein«, drückte noch einen Kuß auf seine Lippen, umfaßte noch einmal seine Hände; und sah, wie der Sarg wieder bedeckt wurde.

Der Amtmann überreichte ihr, was sich bei Andreas gefunden, das Geld, die Uhr, ein neues Testament, es war das, welches sie ihm beim Abschied geschenkt und ein Schreibbüchlein.

Die Leute, bei welchen Andreas im Dorfe Hauenstein gewohnt, standen auch da, als seine Leiche herausgebracht wurde. Sie wußten, daß er eine Braut habe. Auch sie waren über Andreas trauriges Ende gar betrübt, er war ihnen sehr lieb geworden, nicht minder bezeigten sie der so schwerlich leidenden Margarita herzliche Theilnahme und luden sie ein, mit ihnen in ihre Wohnung zu kommen, sie könne in der Kammer sein, welche Andreas bewohnt habe. »Ich werde Euch noch besuchen«, sagte Margarita. »ich muß Euch noch selber danken für alle Liebe, die Ihr meinem Andreas erwiesen; auch möchte ich freilich seine Kammer noch sehen. Aber diese Nacht bleibe ich bei ihm. Morgen nach dem Leichenbegängnisse komme ich zu Euch.«

Bis in die Nacht blieb Margarita nahe bei Andreas Sarge. Endlich folgte sie der dringenden Bitte der Leute, unter deren Dach sie die vorige Nacht zugebracht, und begab sich zur Ruhe. Sie fand etwas Schlaf. Als sie aber erwachte, leuchtete der hellste Mondenschein. Sie stand auf. Sie hatte nur wenige Schritte bis zum Wege hinüber, auf welchem die lange Reihe der Leichen stand. Ein Arbeiter hielt Wache. Er kannte sie, er hatte mit ihr geweint. Er erlaubte ihr, näher zu treten. hob selber den Deckel ab von Andreas Sarge. Der Mond schien nun auf das schöne wie im seligsten Frieden schlafende Angesicht. Lange schaute sie ihn an; es war ihr, er müßte leben: »Ja du lebst«, sagte sie, »deine schmerzlosen, ja lächelnden Gesichtszüge, dein sanftes Schlummern sagen: ich lebe und mir ist wohl. Ja der Allgenugsame und Allbarmherzige wird dir reichlich ersetzt haben und ersetzen, was du scheinst hier verloren zu haben. Und ewig, ewig bleibt dir mein Herz, und bin ich auch deiner Liebe gewiß.« Und nun strömten wieder ihre Thränen aber beruhigender; und wieder lehnte sie sich auf sein Haupt und seine Brust und küßte ihn. Niemand störte sie, überall war es stille wie in den einundzwanzig Särgen den Weg hinunter; leise nur bewegte der Nachtwind die Zweige der waldigen Halden und nur die Wasser rauschten das Thal hinunter. Der Mond ging unter über den nahen und hohen Felsen. Der Morgen röthete sich im Gebirg. Sie sah die obersten Gipfel funkeln. Sie schaute durch Thränen dieses noch nie gesehene Schauspiel, die Hand auf den kalten Händen: »dein Beerdigungstag bricht an, mein lieber Andreas, wie herrlich schön und klar! Ja ich soll gewiß sein, daß du aus der Finsterniß ins Licht gehoben bist.«

Der Wächter trat hinzu und meldete: es kommen Aufseher den Berg hinauf. Es dürfe Niemand bei den Särgen gefunden werden. Er hob den Deckel, den Sarg zu schließen, sie that in denselben den letzten Blick und zog sich in ihre nahe Wohnung zurück.

Es wurde heller Tag. Es war der siebente Juni, der Trinitatis-Sonntag. Frühe sammelten sich bei den Särgen die Verwandten und fast alle Arbeiter von beiden Seiten des Berges, sammt ihren Frauen und Kindern, alle Bewohner des Dorfes Hauenstein, viele von Ifenthal, von Wiesen, Läufelfingen und ab den Höfen ringsum, auch viele der Gäste, welche auf Frohburg, Kirchzimmern und den andern Sennereien sich aufhielten. Die Väter, Söhne, Brüder und andere nächste Verwandte der Hingeschiedenen trugen schwarze Mäntel. Die Särge wurden auf Wagen geladen und mit weißen Tüchern gedeckt. Der Zug ordnete sich und folgte den langsam geführten Wagen stille den Berg hinunter. Unmittelbar hinter dem Wagen, auf welchem Andreas Sarg lag, folgte Margarita, begleitet von der Engländerin, von welcher sie zuerst war aufgenommen worden, von ihren jetzigen Gastfreunden und den Leuten, bei welchen Andreas gewohnt hatte. Von den Arbeitern wurde allen Leid tragenden und besonders auch Margariten viele Theilnahme erwiesen. Sie hätten auch noch alle Särge bekränzt, wenn sie Zeit gefunden. Doch hing mancher Kranz um dieses und jenes der einundzwanzig Kreuze, welche von Knaben vor den Särgen getragen wurden, denen im Priestergewande der Kaplan, Gebete sprechend, voranschritt, umgeben von Knaben, welche Weihrauchgefässe schwangen. Die Leute, bei welchen Andreas aus- und eingegangen, ließen Blumentöpfe nachtragen, Rosen und Nelken, um damit das Grab Andreas zu schmücken. »Es ist Gottes Barmherzigkeit, daß *wir* nicht in den Särgen liegen«, dachten besonders die siebenzig Arbeiter, welche dem Feuer und der Verschüttung noch hatten entspringen können. »Es ist Gottes gnädige Rettung, daß unser Vater, Sohn, Bruder noch lebt«, dachten die Angehörigen. Viele waren in sich gekehrt, und folgten die Hände gefaltet und betend den Särgen. Die Reisenden, welche den Berg heraufstiegen, standen still; einer so traurigen Prozession waren sie noch nie begegnet. Sie sahen nicht ohne Rührung die allgemeine Trauer, die vielen Thränen besonders der Wittwen und Waisen. Ganz Trimbach stand an der Straße und schloß sich dem Zuge an; so waren auch die Bewohner Oltens an das große Leichenbegängniß herausgekommen.

Unten bei der Kapelle in Trimbach, wo sich die Straße östlich gegen Lostorf wendet, lenkte der Zug in den Feldweg dem steinernen Kreuze zu, wo einmal eine Kirche gestanden und wo ein Gottesacker gewesen war. Von diesem Platze hatte dem Andreas geträumt; er hatte dort im Traume Reihen von Gräbern und auf demselben seine Margarita gesehen. Sie gedachte, wie sie auf den Platz trat, des Traumes, den ihr in einem seiner letzten Briefe Andreas erzählt und erkannte die Begräbnißstätte, wie er sie beschrieben. »Es sollte so sein«, dachte sie nun: »er wird auch in seiner finstern Todtenkammer dieses Traumes sich erinnert haben, und wie Gott ihn und mich dadurch an ein so frühes Ende und an seinen unabänderlichen Rathschluß hat erinnern wollen.« Wie sie nun aber neben den frühern neunzehn Grüften die einundzwanzig geöffneten Gräber sah, da ergriff sie neuer Schmerz, sie senkte das Haupt und weinte bitterlich. Die Särge wurden eingesenkt. Die geretteten Arbeiter thaten es und ließen ihre Kameraden und Brüder, die nicht gerettet werden sollten und welche sie aus dem gemeinsamen Grabe herausgeholt hatten, jeden in seine stille Gruft hinunter. Die Verwandten merkten sich, wo der Ihrige hingelegt wurde; so folgte auch Margarita dem Sarge ihres Andreas; er wurde gegen Osten eingesenkt in der letzten Reihe zu äußerst am Rande des Begräbnißplatzes, zunächst am alten steinernen Kreuze. Wie der Sarg auf die Sparren und die Seile gelegt wurde über der Oeffnung des Grabes, knieete sie noch nieder; lehnte das Haupt auf den Sarg und sagte: »Auf Wiedersehen, Liebster, Bester, auf Wiedersehen! so gewiß Gottes Sonne in dein Grab scheint, so gewiß das heilige Kreuz da neben dir steht!« Viele weinten wieder mit ihr. Leise wurde der Sarg niedergelassen, so leise und sachte als möglich mit der schwarzen Erde überschüttet, das weiße Kreuz auf den Hügel gepflanzt. Ein Arbeiter, der den Andreas besonders lieb gewonnen, hängte einen reichen Kranz um das Kreuz; die Blumengefässe wurden links und rechts neben das Grabeskreuz gestellt. Der Kaplan weihete auch dieses Grab. Dann stand er auf den höheren Rand des angrenzenden Ackers, und vor der großen unter dem freien Himmel versammelten Gemeinde sprach er:

»Mir beugen uns tief in den Staub vor dir, o Allmächtiger. Deine Wege sind Weisheit, auch wo wir sie nicht verstehen und lauter Licht und Segen, auch wo sie für uns nur Finsterniß sind und Jammer und Elend. Du hast Gewalt beides über Leben und über Tod und du führest hinunter zu der Hölle Pforten und führest wieder heraus; deiner Hand kann Niemand entfliehen. Du erhörest Gebet, darum soll alles Fleisch zu dir kommen. Allein du lassest uns auch rufen: Herr, wie lange willst du mein so gar vergessen? Wie lange verbirgst du dein Antlitz vor mir? Wie lange soll ich Sorge haben in meiner Seele und Angst in meinem Herzen? Aber im Namen deines Sohnes, dessen Kreuz hier vor uns steht, sollen wir zu dir beten: Dein Wille geschehe! Mein Vater, ist es möglich, so gehe dieser Kelch von mir; doch nicht wie ich will, sondern wie du willst. Wer hat brünstiger, ja heftiger gebetet als dein Sohn; sein Schweiß fiel auf die Erde wie Blutstropfen, dennoch nahmst du den Kelch nicht von ihm. Dein Wille geschah. Ach alle, welche wir hier begraben, mehr als ein halbes hundert Hausväter, Söhne. Brüder, sie haben in tiefster Noth gewiß im Gebet gerungen, unter heißen Thränen gefleht. Doch dein Wille geschah. Alle die Ihrigen, die Eltern und Kinder und Freunde und Mütter und Bräute, sie haben um Errettung der Verschütteten zu dir geschrieen unablässig Tag und Nacht. Doch dein Wille geschah. Wir alle haben um sie zu dir gefleht; in allen Kirchen nah und fern ist das Volk vor dir auf den Knieen gelegen und hat zu dir gerufen: erlöse sie aus diesen schrecklichen Tiefen, Finsternissen, Todesqualen; früh und spät lagen Flehende vor deinen Altären; bei deiner unendlichen Barmherzigkeit riefen wir dich an; um deines ewigen Erbarmens Willen in Jesu Christo schrieen wir, sei ihnen, sei uns gnädig! Doch dein Wille geschah. Ja viele wagten in der Liebe dessen, der für uns am Kreuz gestorben, sich in Todesgefahren, um Brüder zu retten; so viele flehten wieder für die, welche retten wollten: Herr, laß es ihnen gelingen. Du ließest viele auch dieser, die sich opferten, den Tod finden. Dein Wille geschah. Sie sind nicht verloren, alle die nach deinem Rathschlusse im Dienst der Liebe sich hingaben, alle die ihre Seelen deinen Händen empfohlen; wer könnte sie aus ihres Heilands Händen reißen? Aber dein Wille geschah. Denn du regierest, o Herr. Du schauest die Erde an, so bebet sie; du rührest die Berge an, so rauchen sie. Du sprichst: Berathet einen Rath und es werde nichts daraus, redet ein Wort und es bestehe nicht. Du machst zu nichte die Gedanken der Listigen, daß ihre Hände nichts Beständiges ausführen können. Wenn du nicht bauest, so arbeiten die umsonst, die am Werk bauen. So vieles unternimmt der Uebermuth ohne dich; aber du sprichst: Verflucht ist der Mann, der sich auf Menschen verlässet und hält Fleisch für seinen Arm und mit seinem Herzen vom Herrn weiset. Ja deine Rechte, o Höchster, kann Alles ändern; deine Rechte behält den Sieg. Die größten Werke der Menschen, was sind sie vor den deinen; du winkst, so sind sie nicht mehr und sind zu Staub verweht. Die Bahn, welche durch dieses Gebirg führen wird, geht nun durch das schauerlichste Grab und die fernsten Geschlechter sollen hier immer wieder erinnert werden an ihre Ohnmacht und an deine Allmacht. Dir allein, Herr, gebührt die Majestät und Gewalt und Herrlichkeit. Du regierest für und für; wir aber vergehen. Du richtest der Welt Enden. Ueber alle Welt gehen deine Gerichte. Warum du gerade diese Brüder, deren irdische Hülle wir hier bestatten, sterben und so sterben ließest, das wissen wir nicht. Aber das wissen wir, du willst auch uns demüthigen. Du könntest auch uns durch ähnliche Trübsal aus dem Leben gehen lassen. Besseres haben wir nicht verdient. Deine Güte will uns zur Buße leiten. Du erschütterst uns tief und durch und durch, daß wir aus der Sicherheit aufgeschreckt wachen und beten. Wir haben auch in deinen so dunkeln Führungen keinen andern Trost, als den uns dein Sohn gegeben hat. Sein Kreuz steht da. Es steht schon Jahrhunderte hier in diesem Aehrenfeld. Es wird da stehen, wenn die alten und neuen Bauten alle zerfallen sind. Es wird stehen über der neuen Erde. Es sieht mit seinem unendlichen Troste als das Siegeszeichen der Auferstehung auf diese Gräber her, als der sichere und einzige Wegweiser durch die dunkeln, unterirdischen Gänge und Verschüttungen und Verpestungen unserer Zeitlichkeit in die wahre Lebenslust hinaus und in das Licht der Ewigkeit. Und so bitten wir dich, allmächtiger Gott, stärke du uns, daß wir hier und überall im Leben und Sterben sagen: Dein Wille geschehe! Dein Wille ist gerecht und gut! Gib ihnen und uns die Ruhe der Ewigkeit! Ihnen und uns laß leuchten das ewige Licht. Amen!«

Nach dieser Grabrede verlas der Geistliche noch ein Schreiben der Bau-Unternehmer, in welchem sie allen Hülfeleistenden dankten, den Hinterlassenen Unterstützung nach Kräften versprachen, um so mehr da der Verlust eines Gatten, Sohnes, Vaters, Bruders durch Nichts ersetzt werden könne.

Im Kreise des Leichenbegleites wurden dann schon an den Gräbern Gaben gesammelt zunächst für die verlassenen Wittwen, für brodlose Waisen. Mancher Arbeiter und Tagelöhner steuerte eine nach seinen dürftigen Verhältnissen große Summe.

Eine reiche Familie, welche auf der Frohburg weilte, bot auch Margariten mit herzlicher Theilnahme eine Unterstützung. Sie dankte für die Tröstung: »Gott richtet mich auch durch Sie auf«, sagte sie, »doppelt erquickend ist mir so menschenfreundliches Mitleiden, da ich in der Fremde bin und in so schmerzlichen Leiden. Unterstützung hat mein Herz wohl nöthig und Gott läßt mir sie auch durch Sie werden. Für mein äußeres Fortkommen hat er schon gesorgt. Geben Sie die Gabe, welche Ihre Güte mir bestimmte, den wirklich Bedürftigen.« Und sie nannte ihnen die Wittwe, welche, als sie ihren Gatten unter den Todten erblickte, mit ihren sechs Kindern zum Gebet niedergesunken war.

Margarita stieg dann allein auf einem einsamen Pfade den Berg hinan, schaute oft zum steinernen Kreuz hinunter und kam in Andreas Kammer. Hier war noch alles, so wie er es morgens am achtundzwanzigsten Mai verlassen hatte. Da hing noch sein Gewand, in welchem sie ihn auf der Hinreise zum letzten Mal gesehen; da war sein Tisch, aus welchem er ihr geschrieben, vor dem Fensterchen blühten einige Blumen, zwischen denen hindurch er ins Gebirg hinüber gesehen; auf dem Tische stand ein Glas, darin hatte er ein Paar seltene Bergblumen gestellt, sie waren nun gewelkt; da lag auch noch sein Tagebuch bis zum siebenundzwanzigsten Mai fortgesetzt; ein Verzeichniß der von ihm geleiteten Arbeiten, der von ihm beaufsichtigten Arbeiter, ihrer Arbeitsstunden und Taglöhne. Das Alles war ihr wieder unendlich schmerzlich; sie lehnte das Haupt auf den Tisch und weinte lange.

Die Hausleute störten sie nicht; sie hatte gebeten, man möchte sie den Nachmittag allein lassen.

Jetzt erst dachte sie, daß ihr am Sarge das Geld, das sich bei Andreas gefunden, sei übergeben worden und seine Uhr, sein Neues Testament und ein Schreibbüchlein. Sie legte das alles auf den Tisch. Das Testament schien viel gelesen. Sie öffnete das Schreibbüchlein, es enthielt meist Rechnungen, Bemerkungen über seine Arbeiter und deren Verrichtungen. Sie blätterte weiter; da hieß es: Am achtundzwanzigsten Mai, Donnerstag Morgens um zehn Uhr ging ich in den Tunnel zur Arbeit in der Abtheilung 18 mit folgenden Arbeitern. Ihre Namen waren aufgezeichnet. Aber nun war mit Bleistift weiter geschrieben; sie sahs mit Schrecken und Zittern; und wendete die folgenden Blätter und siehe: sie hat von ihrem Andreas noch ein Tagebuch in Händen, seine letzten Buchstaben, seine Sterbensgeschichte – vom achtundzwanzigsten Mai noch acht Tage weiter: »Gott im Himmel«, rief sie, »so nahe war die Rettung!« Sie mußte sich fassen, um nun lesen zu können. Und sie las:

» *Donnerstag Nachts.* Ob, was ich schreibe, noch ein Sterblicher lesen, ob es mit mir auf ewig begraben sein wird, weiß ich nicht. Erlöst uns Gott, so bleiben mir diese Blätter, die ich gleichsam in meinem Grabe schreibe, heilige Gedenkblätter. Werden sie bei mir gefunden, wenn ich schon ausgeathmet habe, und noch ans Tageslicht gebogen werde, so liesest du sie vielleicht, liebe Margarita, und sie sagen dir, daß ich deiner bis zu meinem letzten Odemzuge gedacht.

Wir sind in einer schrecklichen Lage. Was ich befürchtet, geschah. Ich sprang, was ich mochte, noch in den hintersten Tunnel und rief zur schnellsten Flucht. Viele wollten nicht glauben. Ich selber stürzte fort, ich hätte noch entfliehen können, aber ich glitschte auf dem nassen Wege aus, und vor mir prasselten die rauchenden Balken mit dem Schutte des Schachtes in den Tunnel herab. »Zu spät! zu spät!« schrieen, seufzten, die mit mir enteilen wollten. Einige stießen Verwünschungen aus über solche Unternehmungen. Andere fluchten, daß man sie nicht frühe genug gewarnt und hinausgerufen. Es waren gerade die, welche mir nicht hatten glauben wollen. Die meisten waren todtenblaß und stumm und starr vor Schrecken. Der Rauch zwang uns, in den Tunnel uns zurückzuziehen.

Ein Engländer zuerst sprach uns Muth ein: »Ich bin schon neun Tage verschüttet gewesen; wir fristeten unser Leben mit Wasser und mit dem Talg unserer Kerzen. Im schlimmsten Fall haben wir für längere Zeit Nahrung. Pferde sind mit uns eingeschlossen. An Thee, Rum, Oel und Kerzen ist ein Vorrath vorhanden. Aber jetzt gilts in Ruhe und Ordnung die Arbeiten von außen abzuwarten. Gewiß sind die schon am Werk. Hunderte können und werden uns helfen, deß dürfet ihr gewiß sein. Sie werden rastlos arbeiten und es ist möglich, daß wir schon Morgen wieder befreit sind. Aber Ihr müßt Euch freiwillig einer Ordnung fügen, die wir jetzt verabreden wollen, damit nicht, was die einen etwa versuchen, den andern und allen verderblich werde.«

Viele sagten: das wollen wir. Andere waren wie taub, andere wie sinnlos. »Wir müssen hinaus!« riefen sie, und ergriffen das Werkzeug, den Schutt zu durchgraben »Thut das nicht!« sagte ich, »Ihr kommt im Rauch um oder im Kohlendampf. Lasset beides durch den offenen Schacht sich verlieren!« Es half nichts; etwa zehn oder zwölf eilten vorwärts und fingen an zu graben. Sie sind an ihrer Arbeit erstickt und liegen in den Löchern des Schuttes, die sie gegraben. Einige hatten das Rohr der Luftleitung zerbrochen und hofften aus demselben gesundere Luft zu erhalten. Umsonst. Wir aber holten die sieben Pferde und haben sie zu hinterst in den Tunnel gebracht. Der Rauch hat sich etwas gemindert. Das Wasser aber am Schutte schwillt an. Allein wir hören außerhalb graben und so wird dem Wasser bald wieder Abfluß werden.

Der Bach, der lauteres Trinkwasser ist, kann uns dann noch retten helfen. Einzelne haben auch noch etwas Brot bei sich.

Wir haben uns in Rotten getheilt, die einen wachen, während die andern schlafen, die einen lauschen auf Alles, was sich von außen hören läßt, die andern besorgen die, welche sich übel befinden, denn einige sind vom Schrecken auch vom Rauch und der schwülen Luft angegriffen.

Ich halte gerade Wache und sitze etwas hinter dem Rauche mit einigen andern auf einem Schubkarren. Wir hören draußen graben. Der Rauch mindert sich, er scheint durch den Schacht aufsteigen zu können.

Die mit mir Wachenden bitten mich, ihnen aus der Bibel vorzulesen; ich thue es.

Freitag, den 29. Mai Abends.

Wie ich gestern noch die Wache hatte, hörten wir Wasser in den Schacht stürzen. Rauch und Dunst mehrte sich wieder. Ich weckte den Engländer. Er erschrack. Er war meiner Meinung, sie sollten im Schacht dem Feuer, Rauch und Dunst freien Abzug lassen; dieses heruntergeschüttete Wasser könnte uns verderblich sein. Wir waren froh, daß von dem sich schwellenden Tunnel-Bache die Massen Steinkohlen neben der Schmiede umgeben und vom Feuer abgeschlossen wurden. Wir stellten uns, so viele noch unser waren, an den Schutt und riefen: »Nicht Wasser! löschet nicht! öffnet! öffnet!« Allein sie scheinen uns weder draußen noch droben gehört zu haben. Denn von oben wurde heute noch den ganzen Morgen Wasser heruntergestürzt.

Das Graben draußen hat aufgehört. Einige der Unsern werden angsthafter. Andere waren nicht mehr zu halten, sie versuchten neuerdings, durch den Schutt zu brechen. Der Engländer wollte sie mit Gewalt hindern, er ist aber in der Nähe des Schuttes mitsammt den übrigen erstickt.

Ich schlug vor, eine Quer-Wand in der ganzen Breite und Höhe des Gewölbes aufzuführen. Wir hätten Laden und Balken genug. Wir könnten uns gegen Rauch und Dunst und Stickluft abschließen. Die Mehrheit stimmt nur nicht bei. Sie ist muth- und kraftlos; die meisten sind außerordentlich schläfrig; auch ich lege mich auf ein Brett hin, vielleicht zum ewigen Schlaf. Wie Gott will!

Samstag, Abends den 30. Mai.

Der Schlaf hatte uns die vorige Nacht etwas erquickt. Ich und einige andere wir wären noch im Stande zu arbeiten. Aber ohnmächtig lassen wir die Hände sinken. Ach spürten doch diese gänzliche Ohnmacht so viele, die da meinen, Gott selber und seine unendliche Kraft und seinen Willen überwinden zu können, mit dem er die Welt regiert. Wir sind in seiner Hand; dieß ist unser einzige Trost. Es ist wohl der letzte Samstag, den wir hienieden leben. Und wenn wir auch wieder ans Tageslicht gebracht werden, so ist ihm unser Auge auf ewig geschlossen. Aber du, o Gott, wirst den Morgenstern aufgehen lassen unsern Seelen.

Jetzt brauche ich meine Kameraden im Grabe nicht mehr aufzufordern zum Gebet und zum Bibellesen. Sie sagen selber: Andreas, bete mit uns, lies uns vor aus Gottes Wort. Ich las ihnen heute die Geschichte vom verlornen Sohn, das fünfzehnte Kapitel des ersten Briefes an die Korinther und etliche Psalmen, den zweiundvierzigsten und die andern ähnlichen Inhalts.

Wir hörten heute draußen nicht mehr arbeiten. Hat man uns aufgegeben? Einigen war es, sie hörten das Geräusch von Feuerspritzen. Müßte also wieder neuerdings Feuer ausgebrochen sein?

Einige wurden heute zum Sterben schwach. Auch ihnen können wir nicht helfen. Wir haben noch etwas Rum. Wir sparen ihn für die schwächer Werdenden, allein es erfacht ihnen die erlöschende Lebensflamme nur noch für Augenblicke.

Seit wir nicht mehr graben hören, liegen die Meisten muthlos hin und wünschen sich den Tod.

Nur der Hunger nöthigt sie noch, sich zu regen. Brot haben wir keines mehr. Wir werden endlich eines der Pferde schlachten müssen, ehe diese alle auch verhungern. Einige haben die Taschen der

Entschlafenen durchsucht, ob sie nicht Brot oder andere Nahrung finden. Wir riethen ab; sie aßen dennoch, was sie gefunden.

Wie danke ich Gott, daß ich mitten in den Schrecknissen des Grabes und des Todes sein Wort des Lebens für mich und die andern bei mir habe, in der Jugend auch eine Menge unserer Kirchenlieder auswendig lernen mußte. Sie sind mir jetzt alle gegenwärtig. Alle Tage bete ich sie selber und bete ich sie den Todesgefährten vor: So mangelt uns doch nicht die geistliche Speise. Ein wahrer Balsam sind nun mir, und jetzt kann ich sagen, allen andern die Lieder: Was Gott thut, das ist wohlgethan, oder: Warum sollt' ich mich dann grämen, oder: Nicht so traurig, nicht so sehr, oder die Sterbenslieder: Wer weiß, wie nahe mir mein Ende; Wachet auf! ruft uns die Stimme.

Und so lege ich mich in Gottes Namen auch wieder nieder und sage:

> Fahr hin! die andere Sonne,
> Mein Jesus, meine Wonne
> Gar hell in meinem Herzen scheint.

Pfingst-Sonntag, den 31. Mai.

Es sind in dieser Nacht vom Samstag auf den Sonntag wieder etliche entschlafen. Sie wünschten, ich möchte noch mit ihnen beten. Unsere Lieder sind ein lebendiges Gebetbuch. Einige der im Ende liegenden waren noch von schweren Gewissensqualen gepeinigt. Die Sterbenden erleichterten ihr Herz durch Bekenntnisse gegen mich. Ich tröstete sie mit dem Evangelium: im Himmel ist Freude über einen Sünder, der Buße thut, und: heute wirst du bei mir im Paradiese sein.

So helfen die Sterbenden den Sterbenden; wirklich heißt es von uns:

> Mitten wir im Leben sind
> Mit dem Tod umfangen.

Die Schwankenden drücken den Hingesunkenen noch das Auge zu. Wir müssen sie liegen lassen wo sie im Tunnel sich selbst hingelegt. Wir sind zu schwach, Gräber zu graben. Wir sind ja alle in Einem Grab. Werden wir aufgefunden, so werden wir dann neben einander gelegt werden, Gruft an Gruft.

Wie wir heute beisammen saßen, sagte mehr als einer: Es ist Sonntag. »Ja«, sagte ich, »heiliger Pfingst-Sonntag. Wenn Gott wollte, er könnte auch über uns einen Sturm daher brausen lassen, er könnte durch ein Erdbeben unsern Kerker öffnen, wie er ihn dort den Aposteln geöffnet hat. Aber auch hieher kann er uns seinen heiligen Geist senden: daß wir sagen: leben wir, so leben wir dem Herrn, sterben wir, so sterben wir dem Herrn; darum wir leben oder sterben, so sind wir des Herrn. Tausende könnten heute unter der herrlichen Pfingstsonne Pfingstenfeiern und thun es doch nicht. Nicht wahr, meine Brüder, wenn uns Gott wieder ins Leben hinausführen würde, wir wollten diesen Pfingsttag ewig nie vergessen und ihn unser Leben lang feiern mit Lob und Dank. Aber auch hier wollen wir ihn feiern. Gott ist gegenwärtig, lasset uns anbeten.« Ich betete dieses herrliche Lied. Wenn wir im Gebirge Schätze von Edelsteinen finden, was wären sie alle gegen dieses Eine Lied? Ich las ihnen dann die Pfingstgeschichte vor und aus dem zweiten Brief an die Korinther das fünfte, sechste und das zwölfte Kapitel und einiges aus den Abschiedsreden des Herrn, auch die Einsetzung des heiligen Abendmahls. »Ach könnten wir's genießen!« sagten einige. »Wo zwei oder drei in meinem Namen versammelt sind«, antwortete ich, »da bin ich mitten unter ihnen, tröstet der Herr; und ich bin bei euch alle Tage bis an der Welt Ende. Und wie er hingegangen ist und hat gepredigt den Geistern im Gefängniß, so ist er auch bei uns in den Finsternissen des Todes und richtet unsere Füße auf den Weg des Friedens.«

Wir knieeten wieder hin wie schon oft und beteten unter heißen Thränen. Und Gott stärkt uns wieder und rettet unsere armen Seelen vor Verzweiflung.

Pfingst-Montag, den 1. Juni.

Wir hören seit gestern vorn im Tunnel wieder arbeiten, ebenso das Summen eines Ventilators. Auch in unserem Raume wird die Lust verdorbener. Es wagt sich keiner mehr vorwärts zu den Leichen. Diejenigen, welche sich nicht warnen ließen und wieder dorthin vordringen wollten, kehrten nicht mehr zurück. Dort fänden wir einen schnellen Tod. Allein wir wollen ausharren, so lange es Gottes Willen ist.

Heute ist Pfingst-Montag: An diesem Tage hoffte ich mit dir, o du liebe Margarita, wieder heimzukehren. Ach bist du hergekommen, so stehst du an meinem Grabe. Du würdest hereindringen und uns retten, wenn du könntest. Doch du betest auch mit uns, das weiß ich; ja ich fühl' es. O du liebe Seele; Gott erleichtere auch dir deine Schmerzen!

Es vermehrt unsern Jammer, wenn hier die Hausväter seufzen und klagen um ihre Frauen und Kinder, die Söhne um ihre hülflosen Eltern; und ich bin nicht der einzige, der meint, um seiner theuren Braut willen sollte ihm geholfen werden. Dann knieen wir wieder hin und beten für die Unsrigen, daß euch Gott tröste, daß er die Wittwen und Waisen und Verlobten nicht verlasse.

Dienstag, den 2. Juni.

Es ist schon der sechste Tag unserer Verschüttung. Wir ziehen unsere Uhren sorgfältig auf und zählen die Stunden. Ach sie werden lang und immer länger. Wir danken Gott, je mehr Stunden wir ununterbrochen schlafen können. So drückt uns dann doch nicht unser Elend. Und Gott stärkt uns wieder durch den Schlaf. Ja ich träumte sogar von Erlösung. Ich stand mit dir, Margarita, auf den grünen Höhen des Berges, in dessen Tiefen wir begraben sind. Wir schauten Hand in Hand in all die Schönheiten des Landes. O wenn uns Gott dieses Glück noch schenkte! Wie würden wir hinknieen und ihm danken! Aber wie Gott will! Im Himmel wird es noch schöner sein und dort werden wir auch miteinander anbeten und lobpreisen. Dort wird kein Tod mehr sein, noch Leid, noch Geschrei, noch Schmerzen.

Dieses las ich heute vor aus der Offenbarung. Wir sind wohl dem ewigen Lichte näher als dem Tagesschein, dem wahren Vaterland näher als der irdischen Heimat.

Mehrere sind diese Nacht und diesen Morgen wieder entschlafen. Es werden, wenn auch der Schutt heute oder morgen durchbrochen wird, nur noch wenige gerettet.

Doch hören wir noch nicht graben. Sie müssen draußen Schwierigkeiten auf Schwierigkeiten gefunden haben.

Wir hörten die ganze Nacht wieder am Schutte graben. Auch war uns, es tönte draußen vor dem Schutte ein dumpfes Rufen. Einige meinten, das Blasen von Signalhörnern vernommen zu haben. Wir wären jedenfalls zu schwach, um zu antworten. Vorwärts wagen wir uns nicht mehr. – Jetzt ist's wieder still geworden. Man kann, scheint es, nicht vordringen. Wir sind aufgegeben. So haben wir denn unsere Seelen in die Hände Gottes empfohlen und um Verzeihung aller unserer Sünden gebeten, und um ein schnelles und seliges Ende ihn angefleht. Wir verzeihen auch allen, die uns je beleidigt und gekränkt und bitten: verzeihet auch uns, vergesset, was wir gefehlt. Betet für uns!

Am Abend. Wir hören wieder arbeiten. Aber wir sterben, ehe sie durchdringen. Die Luft wird immer schwüler. Es dringt Stickluft gegen uns. Auch nimmt der Hunger überhand. Wir haben ein Roß geschlachtet. Wir könnten so unser Leben noch länger fristen. Aber die Hitze nimmt zu, das Athmen wird schwerer. Ach wie qualvoll! bei gesundem Leibe nicht frisch athmen zu können. Wir ziehen uns aus, wir lehnen den Kopf über den Bach; es dünkt uns, wir athmen etwas leichter. Aber die vielen Leichen um uns her vermehren den schrecklichen Dunst. Wir athmen unter Verwesenden. Ach Herr, wie so lange!

Donnerstag, den 4. Juni.

Viele sind diese Nacht entschlafen, auch jene wenigen unter uns, welche die tiefste Noth nicht zum Beten gebracht. Sie blieben verstockt bis ans Ende. Sie spotteten unser, verwünschten das Schicksal, den Zufall und die blinde Natur.

Wir sind alle auf das Gewölbegerüst gestiegen. Die Luft unten wird immer verdorbener. Wie wir das Pferdefleisch braten wollten, brannte das Feuer nicht mehr, auch unsere Kerzen erloschen. Wir haben auf das Gerüste hinauf den Wasserkrug, Oel und einige Lampen genommen und sie aufgehängt. Sie brennen nur schwach; es sind die Lichter in unserer eigenen Gruft.

Donnerstag Nachts. Ich bin aus Bangigkeiten erwacht. Meine Kameraden schlafen; einige wenige neben mir athmen noch schwach. Ich höre die Arbeit näher kommen. Ich wage mich nicht von der

Stelle. Das hinuntersteigen ist mein gewisser Tod. Herr, wie du willst! Ich übergebe mich dir ganz und gar! Tröste meine Margarita Theure Seele

So weit ging das Tagebuch. »Allmächtiger«, sagte Margarita, »so nahe war die Rettung. Aber es war dein heiliger Wille, o Gott; er sollte schon jetzt dahin kommen, wohin wir alle berufen sind. Und du ließest ihn selig entschweben aus den Tiefen der Verwesung. – Dich erquickt nun die reinste Himmelsluft. Und ich bin bei dir und bleibe dein.« So senkte sie den Kopf auf das Büchlein und weinte lange. Da Margarita länger allein geblieben, öffnete die Hausfrau leise die Kammerthüre, nachzusehen, ob der Trauernden etwas zugestoßen. Margarita sagte: »sehet den Abschied und das Vermächtniß meines Andreas. Gott tröstet mich damit des Besten. Ich weiß, daß mein Freund als ein Christ und im Frieden des Herrn heimgegangen ist.«

Am folgenden Tage wurde Margarita von der Hausmutter jener reichen Familie besucht, welche einen Sommeraufenthalt auf der nahen Frohburg machte. Sie bot ihr nochmals ihre Hülfe an. »Ich will mich«, sagte Margarita, »fürderhin ganz der Führung Gottes überlassen. Der Mensch denkt und Gott lenkt. Eins aber bitte ich für jetzt, Sie auf die Frohburg begleiten zu dürfen, um von dort auf meines Andreas Grab hinunter zu sehen. Er hatte sich gefreut, wie wir miteinander von diesen grünen Höhen in die schöne Welt da hinaus blicken werden und jetzt will ich von dort zu ihm hinübersehen in die bessere Welt.«

So stieg sie dann auf die Frohburg hinauf und von einer nach Trimbach hinunter sehenden Höhe, schaute sie lange nach dem steinernen Kreuze zunächst dem Grabe ihres Andreas.

Sie erfuhr die wenige Zeit, die sie noch auf Hauenstein blieb, viel Theilnahme. Selber der Bauer der Sommerau war von ihrem und des Andreas Schicksal so gerührt, daß er ihr schrieb und eine nicht geringe Gabe schickte, welche sie hinwieder jener Wittwe schenkte.

Auf eigenen Antrieb und unter Vermittlung jener reichen Frau trat sie dann in eine Diakonissen-Anstalt.

Über tredition

Eigenes Buch veröffentlichen

tredition wurde 2006 in Hamburg gegründet und hat seither mehrere tausend Buchtitel veröffentlicht. Autoren veröffentlichen in wenigen leichten Schritten gedruckte Bücher, e-Books und audio-Books. tredition hat das Ziel, die beste und fairste Veröffentlichungsmöglichkeit für Autoren zu bieten.

tredition wurde mit der Erkenntnis gegründet, dass nur etwa jedes 200. bei Verlagen eingereichte Manuskript veröffentlicht wird. Dabei hat jedes Buch seinen Markt, also seine Leser. tredition sorgt dafür, dass für jedes Buch die Leserschaft auch erreicht wird.

Im einzigartigen Literatur-Netzwerk von tredition bieten zahlreiche Literatur-Partner (das sind Lektoren, Übersetzer, Hörbuchsprecher und Illustratoren) ihre Dienstleistung an, um Manuskripte zu verbessern oder die Vielfalt zu erhöhen. Autoren vereinbaren direkt mit den Literatur-Partnern die Konditionen ihrer Zusammenarbeit und partizipieren gemeinsam am Erfolg des Buches.

Das gesamte Verlagsprogramm von tredition ist bei allen stationären Buchhandlungen und Online-Buchhändlern wie z. B. Amazon erhältlich. e-Books stehen bei den führenden Online-Portalen (z. B. iBookstore von Apple oder Kindle von Amazon) zum Verkauf.

Einfach leicht ein Buch veröffentlichen: **www.tredition.de**

Eigene Buchreihe oder eigenen Verlag gründen

Seit 2009 bietet tredition sein Verlagskonzept auch als sogenanntes "White-Label" an. Das bedeutet, dass andere Unternehmen, Institutionen und Personen risikofrei und unkompliziert selbst zum Herausgeber von Büchern und Buchreihen unter eigener Marke werden können. tredition übernimmt dabei das komplette Herstellungs- und Distributionsrisiko.

Zahlreiche Zeitschriften-, Zeitungs- und Buchverlage, Universitäten, Forschungseinrichtungen u.v.m. nutzen diese Dienstleistung von tredition, um unter eigener Marke ohne Risiko Bücher zu verlegen.

Alle Informationen im Internet: **www.tredition.de/fuer-verlage**

tredition wurde mit mehreren Innovationspreisen ausgezeichnet, u. a. mit dem Webfuture Award und dem Innovationspreis der Buch Digitale.

tredition ist Mitglied im Börsenverein des Deutschen Buchhandels.

Dieses Werk elektronisch lesen

Dieses Werk ist Teil der Gutenberg-DE Edition DVD. Diese enthält das komplette Archiv des Projekt Gutenberg-DE. Die DVD ist im Internet erhältlich auf **http://gutenbergshop.abc.de**

Zeitfracht Medien GmbH
Ferdinand-Jühlke-Straße 7
99095 Erfurt, Deutschland
produktsicherheit@kolibri360.de